Barbara Snow Gilbert · Der andere Flügel

Barbara Snow Gilbert

Der andere Flügel

Aus dem Amerikanischen
von Dorothee Haentjes

Ellermann Verlag

Barbara Snow Gilbert
lebt in Oklahoma City (USA). Sie hat Jura studiert und sich intensiv mit Fragen des Zivilrechts beschäftigt. Sie arbeitet auch als Journalistin. »Der andere Flügel« ist ihre erste Erzählung.

Dieses Buch ist nach den neuen
Regeln der Rechtschreibreform gesetzt

5 4 3 2 1 00 99 98 97

Die Originalausgabe erschien 1996 bei
FRONT STREET BOOKS, INC., Arden, North Carolina (USA)
unter dem Titel *Stone Water*.

Umschlagillustration: Bernhard Förth
Printed in Germany
ISBN 3-7707-3058-5

Erster Teil

1

Die Brücke gehörte zur Joggingstrecke des Parks und war eine Abkürzung auf Grants Heimweg. Aber vor etwa zwei Jahren waren genau in ihrer Mitte drei Holzplanken herausgebrochen. Sie waren Opfer der abwechselnd glühenden Sommerhitze und der eisigen Winterwinde Oklahomas, der sintflutartigen Regenfälle und der Dürreperioden.

Grant stemmte sich in die Pedale seines BMX-Rades und fixierte das näherrückende Loch. Er und Avery hatten schon oft die Weite ihrer Sprünge mit den Rädern von anderen Rampen und Schanzen aus nachgemessen. Und auch dieser Sprung war machbar. Allerdings konnte man genauso gut Kopf und Kragen dabei riskieren.

Während er weiter in die Pedale trat, zog Grant sich den Rucksack von den Schultern und schleuderte ihn auf das trockene gelbe Gras, um unnötigen Ballast abzuwerfen. Wenn ihm der Sprung gelingen sollte, würde er zu Fuß zurückkehren, um ihn zu holen. Und wenn nicht ... Er dachte an die Planken, die drei Meter tiefer zerbrochen in der Rinne unter der Brücke lagen.

Er atmete tief durch. Seit der sechsten Klasse hatte er den Umweg nehmen müssen. Aber jetzt war er in der achten und er fühlte sich fit. Er lehnte sich über den breiten Lenker, um sein Gewicht nach vorn zu verlagern, und gab Gas.

Bei der ersten unebenen Planke gab es einen Schlag. Er fuhr ziemlich schnell und wäre fast gestürzt. Zwei Pedaltritte vor der Mitte war seine letzte Chance zu kneifen. Das wusste er genau. Er hatte schon einmal an dieser Stelle gebremst, das Rad herumgerissen und es gerade noch geschafft. Aber jetzt war es schon zu spät.

Den Bruchteil einer Sekunde bevor er das Loch erreichte, hörte er auf zu treten. Er lehnte sich zurück, als sich das Vorderrad in die Höhe hob, und riss das Fahrrad mit sich in die Luft.

Einen unendlich langen Augenblick zeichneten Grant und das Fahrrad sich scheinbar schwerelos vor dem blauen Septemberhimmel ab.

Grant stellte das Rad in seine Halterung. Seltsam, dachte er, ein Fahrradhalter für ein Kind und ein Rad. Er kannte Familien mit fünf oder sechs Kindern, wo die Räder zu großen Haufen ineinander fielen und niemand kam auf die Idee, einen Ständer zu benutzen oder gar einen Fahrradhalter zu kaufen. Aber seine Mutter besaß nun mal dieses »Ordnungs-Gen«, wie sie es nannte, und daher gab es einen Fahrradhalter für ein Fahrrad.

Eigentlich waren es ja zwei Fahrräder. Er besaß noch ein schwarzes Mountainbike. Aber so ein edles Alpinrad war hier in Oklahoma einfach peinlich. Darum hing es starr und unbeweglich an einem Haken von der Decke herunter. Natürlich hatten auch andere Kinder teure Räder und dieses hier hatte Grant von seinem Vater geschenkt bekommen. Aber für Grant zählte das schwarze Mountainbike einfach nicht.

Grant tastete in seinem Rucksack nach dem kühlen Metall der Blechtasse. Es war eine alte Blechtasse, eine richtige Antiquität, die schon sein Ur-Urgroßvater beim Vieh-Treck am Gürtel getragen hatte. Auch Grant trug sie in seinem Rucksack immer bei sich, um darin Kleingeld, Essensmarken und seinen Schlüssel zu verwahren.

»Hallo, ich bin zurück! Ist jemand zu Hause?« Eigentlich rechnete er mit niemandem. Früher war immer noch Vidella dagewesen, wenn er aus der Schule nach Hause kam. Sie antwortete ihm meistens aus den oberen Stockwerken, wo sie ewig Staub saugte. Dann machte sie ihm etwas zu essen und setzte sich zu ihm an den Tisch, während er aß. Das war schön gewesen – damals. Aber jetzt war er eben älter und Vidella fuhr nach Hause, bevor er aus der Schule kam.

Grant hängte den Rucksack an den dafür vorgesehenen Haken. Morgen würde er den Sprung sogar mit dem Ding auf dem Rücken versuchen!

Überhaupt, der Sprung! Er musste gleich Avery anrufen.

Allerdings knurrte sein Magen gerade fürchterlich. Avery hatte einmal gestoppt, dass Grant für die Zubereitung eines Sandwichs knapp zweiundzwanzig Sekunden benötigte. Und zweiundzwanzig Sekunden waren genau das Äußerste an Zeit, die dieser Anruf noch aufgeschoben werden konnte.

Die Schranktüren flogen auf und wieder zu, Brot, Erdnussbutter, Honig, Bananen, Rosinen und Schokoladenstreusel tauchten auf und verschwanden wieder. Während er zum Telefon ging, öffnete er eine Tüte Milch und trank gleich daraus. Seine Mutter bekam es ja nicht mit.

Grant sah, dass das rote Licht blinkte. Vielleicht sollte er erst die Nachricht hören, bevor er Avery anrief, für den Fall, dass es etwas Wichtiges war. Allerdings bedeutete selbst die kürzeste Verzögerung im Moment eine ziemliche Zumutung.

Mit der Ecke der Milchtüte drückte Grant auf den Knopf. Während er Riesenbisse aus seinem Sandwich riss, wartete er endlos lange, bis sich das Band zurückgespult hatte.

»Grant, hier ist Ma. Hör zu, Schatz, du sollst dir jetzt keine Sorgen machen oder so ...«

Grant hörte auf zu kauen.

» ... aber ich bin heute nicht bei der Arbeit.«

Das war ungewöhnlich. Grants Mutter, Allison Taylor Hughes, war Richterin am Verfassungsgericht für West-Oklahoma. Das war ein ganz toller Job. Ein Mit-Zustimmung-des-Senats-und-durch-den-Präsidenten-ernannt-Job. Grants Mutter fehlte niemals aus persönlichen Gründen. Jedenfalls fast nie. Nur einmal hatte sie eine Verhandlung verlegt, um ihn beim Klavier-Nachmittag spielen zu hören. Ihre Sekretärin hatte sie angewiesen, den Anwälten etwas von Terminschwierigkeiten zu erzählen. Aber es musste eben schon etwas wirklich Wichtiges sein.

»Ich bin hier im Krankenhaus. Es geht um Großvater.«

»Um Großvater?«, wiederholte Grant atemlos und stellte die Milchtüte ab.

Das war sein Großvater väterlicherseits. Der Großvater, der die Blechtasse seines Großvaters an Grant weitergeschenkt hatte. Und überhaupt der einzige von Grants Großeltern, der noch lebte.

»Also, mach dir bitte keine Sorgen«, fuhr die Stimme seiner Mutter fort, »aber ihm ist etwas passiert. Die Ärzte sind sich noch nicht sicher, was es ist. Sie müssen erst noch einige Untersuchungen durchführen, aber es sieht nicht gut aus. Du weisst ja, dass Pa in Chicago ist, darum bin ich hierher gefahren, um mit den Ärzten zu sprechen. Eine Schwester aus dem Altersheim, die Großvater im Krankenwagen begleitet hat, sagte mir, wenn er zurückkommt, was hoffentlich bald passiert, wird er ein anderes Zimmer beziehen müssen. Das Heim wird Großvater in den anderen Flügel verlegen. Du weißt schon, in den Flügel, in dem auch Großmutter war.«

Ja, er wusste schon. Er hatte sehr genau verstanden. Der andere Flügel. Er hatte auch eine offizielle Bezeichnung, »Intensivpflege-Station« oder so ähnlich, aber seine Familie nannte ihn nur »Der andere Flügel«.

»Mach dir bitte keine Sorgen, Schatz ...«

Irgendwie sagte sie das zu oft.

»Du solltest heute ganz normal zum Schwimmtraining gehen. Ich komme allerdings wahrscheinlich erst ein bisschen später nach Hause …«

Grant drückte den Rücklaufknopf. Ohne darauf zu warten, dass der Apparat an den Anfang des Bandes spulte, ließ er ihn wieder los, und die Stimme seiner Mutter begann mitten im Satz:

» … wird Großvater in den anderen Flügel verlegen. Du weisst schon, in den Flügel, in dem auch Großmutter war …«

Stop! Er wollte den Rest nicht mehr hören. Er musste ihn auch nicht weiter hören.

Grant legte das Sandwich neben die Milch.

Die Tapete über dem Rahmen der Tür, neben der die Treppe nach oben führte, war schmutzig. Grant versenkte hier regelmäßig einen imaginären Basketball in einem imaginären Korb. Heute lief er darunter durch, ohne zu springen.

Oben wartete etwas auf ihn, etwas von Großvater. Es wartete schon eine ganze Weile auf ihn und auf diesen Moment – seit etwa zwei Jahren.

Grants Zimmer befand sich im zweiten Stock. Normalerweise machte ihm das Treppensteigen nichts aus, aber heute fühlten sich seine Beine an, als hingen Bleigewichte daran.

Sein Zimmer erstreckte sich über das ganze Stockwerk. Es war wohl mal ein Tanzboden gewesen, damals, als die Leute, die ursprünglich diese Art von Häusern bewohnten, eben solche Räumlichkeiten in der zweiten Etage besaßen. Auf jeder Seite befanden sich in einem Halbrund angeordnete Fenster und von der Decke hing ein Kronleuchter herab. Grants Mutter fand, dass ein solcher Kronleuchter im Zimmer eines Jungen albern wirkte, aber Grant hatte darauf bestanden, ihn zu behalten.

Er lief zu dem großen Sekretär mit dem Rolldeckel, der unterhalb des hinteren Fensters stand.

Dieser Sekretär war ein Geschenk von Großvater. Bevor er Grant gehörte, hatte er im großen Zimmer der Ranch gestanden, gegenüber dem Kamin. Die Ranch hieß »The Rocking H« und lag etwa eine Stunde Fahrt von der Stadt entfernt. Seitdem Grant fünf Jahre alt war, hatte er hier seine Sommerferien verbracht – er ganz allein mit Großvater und Dill, dem Gehilfen, der noch immer in einem Wohnwagen auf dem Grundstück lebte. Sie kümmerten sich um die übrig gebliebenen Viehbestände, die damals noch vorhanden waren, fischten und saßen abends auf der Veranda. Und während ihre Schaukelstühle auf dem unebenen, ungestrichenen Holzboden der Veranda knarrten, erzählte Großvater Geschichten.

Großvater kannte jede Menge Geschichten, vor allem von seinem eigenen Großvater, der allgemein Chaps genannt worden war, und dessen Blechtasse Grant nun besaß. Er hatte »The Rocking H« erbaut. Großvater erzählte seine Geschichten von durchgehenden Rinderherden, von hübschen Kneipenmädchen und von Kämpfen gegen Banditen. Im Vergleich dazu erschien Grant sein eigenes Leben immer wie die ganz große Langeweile.

Doch je älter er wurde, desto skeptischer wurde er auch. War es überhaupt möglich, dass ein einziger Mann so viele Abenteuer erlebte? Was war wahr an den Geschichten und wo ging Großvaters Fantasie mit ihm durch?

Grant behandelte seinen Sekretär regelmäßig zweimal im Jahr mit Politur. Einmal an Großvaters Geburtstag und das andere Mal an seinem eigenen. Diese Termine konnte er sich gut merken. Vidella hatte ihm gezeigt, wie es ging. Und jetzt, während seine Hand über die polierten und dennoch unebenen Kanten der Ablagefächer fuhr, erinnerte Grant sich wieder an den Tag, als er den Sekretär bekam.

Es war derselbe Tag, an dem Großvater ins Heim zog. Grant war damals zwölf Jahre alt. Niemals würde er vergessen, wie er zusehen musste, als Dill die Haustür der Ranch vernagelte. Großvater hatte zwar behauptet, dass der Umzug seine Idee gewesen war, um näher bei Großmutter zu sein. Aber Grant wusste genau, dass in Wirklichkeit seine Eltern dahinter steckten. »Er vergisst einfach zu essen«, hatte er seine Ma zu Pa sagen hören. »Und er hätte ja auch schon mindestens zwei Mal fast alles in Brand gesetzt.«

An jenem Nachmittag war Grant gerade dabei gewesen, seine Spielzeugsoldaten auf dem Fensterbrett aufzustellen, als ein Lastwagen mit Großvaters alten Möbeln ankam. Zuerst wurden einige Stücke abgeladen, die Grants Mutter behalten wollte. Und dann kam das größte Stück an die Reihe, das Großvater ausdrücklich ihm vermacht hatte.

Die Möbelpacker bekamen fast eine Herzattacke, als sie den Sekretär die enge Hintertreppe hinauf in das zweite Stockwerk wuchteten – denn die weite geschwungene Vordertreppe führte nur bis in die erste Etage. Grant erinnerte sich auch, dass seine Mutter damals gesagt hatte, es lohne sich nicht, sich wegen des Sekretärs das Rückgrat zu brechen. Aber er stand am oberen Ende der Treppe und feuerte die Möbelpacker sogar noch an. Denn seiner Meinung nach lohnte es sich sehr wohl, sich dafür das Rückgrat zu brechen.

Grant drehte den alten Klavierstuhl höher, den Großvater immer als Sekretärstuhl benutzt hatte. Als kleiner Junge hatte er sich so lange auf diesem Stuhl gedreht, bis er ganz schwindlig war und lachend herunterfiel.

Damals hatte Großvater das Suchspiel mit ihm begonnen. Immer wenn Grant zu Besuch kam, versteckte er einen Kaugummistreifen im Sekretär. Und Grant stöberte so lange in sämtlichen kleinen Schubladen und Fächern herum, bis er ihn gefunden hatte.

Als Grant dann den Umschlag fand, war es ihm vorgekommen, als sei dies eine Art Erwachsenen-Version des Suchspiels. Ob Großvater an den Kaugummi gedacht hatte, als er den Umschlag in dem Sekretär versteckte, der von nun an seinem Enkel gehören sollte?

Genug gezögert!

Grant schob den Rolldeckel auf und steckte den Schlüssel in das Schloss des Geheimfaches, das mit Einlegearbeiten aus Elfenbein verziert war und sich in der unteren Ablage befand. Er nahm den altbekannten, ausgebeulten Umschlag heraus und legte ihn auf die Schreibunterlage aus grünem Filz. Während seine Finger über den Rand des Umschlags glitten – wodurch sich mit der Zeit schon ein paar Fasern des Papiers gelöst hatten –, las er die Worte, die mit Großvaters kratzigem Füller darauf geschrieben standen:

»Grant, öffne diesen Umschlag erst, wenn sie mich in den anderen Flügel verlegen. Ansonsten kümmere dich nicht darum! Großvater.«

Der Umschlag war mit einer roten Schnur verschlossen, die auf der Rückseite des Umschlags um eine Klammer geschlungen war. Grant hatte schon oft darüber nachgedacht, ihn zu öffnen. Aber letzten Endes war er doch immer zu dem Schluss gekommen, dass er den Inhalt nicht anrühren sollte, wenn Großvater schon so viel Vertrauen in ihn setzte und den Umschlag nur mit dieser dünnen Schnur verschlossen hatte.

Grant hatte überhaupt das ganze Thema nie berührt. In den zwei Jahren, seitdem er den Umschlag gefunden hatte, hatte er ihm nie irgendwelche Fragen gestellt oder das Gespräch darauf gebracht. Er war der Ansicht, dass das Großvaters Aufgabe gewesen wäre. Aber der tat es auch nicht.

Es wäre ja unter Umständen auch gar nicht nötig gewesen. Eben wenn Großvater nicht in den anderen Flügel hätte umziehen müssen. Und die Anweisung besagte klar und deutlich, dass der Umschlag nur in diesem Fall geöffnet werden durfte. Grant hatte schon mal überlegt, ob er den Umschlag vernichten sollte oder einfach wegschließen, ohne jemals hineinzusehen. Aber dazu hatte er sich doch nicht durchringen können.

Grant betrachtete die rote Schnur. Sie war das einzige, was ihn zwei Jahre lang von dem Geheimnis getrennt hatte. Und nun, an einem Mittwoch Nachmittag, dem vierten Mittwoch, nachdem er in die achte Klasse versetzt worden war, um 15.40 Uhr, wollte Großvater, dass er sie aufknüpfte.

15.40 Uhr! Grants Blick fiel wieder auf die Uhr. Um vier begann das Schwimmtraining und seine Mutter hatte ausdrücklich gesagt, dass er dorthin gehen sollte. Dabei hatte er keine Ahnung, wie er sich über Wasser halten, geschweige denn schwimmen sollte; sein Körper fühlte sich bleischwer an. Aber gleichzeitig wusste er, dass er den Umschlag jetzt sowieso noch nicht öffnen konnte. Nach zwei Jahren Abwarten und Grübeln ging es nun einfach zu schnell.

Grant schloss den Umschlag wieder weg und sprang vom Stuhl, der sich hinter seinem Rücken noch ein paar Mal drehte. Er ergriff seine Schwimmbrille und die Badehose und rannte nach unten. Er zerrte seine Schulbücher aus dem Rucksack und stopfte die Schwimmsachen hinein.

Während er so schnell er konnte zum Schwimmtraining fuhr, wünschte Grant sich nichts sehnlicher, als im Krankenhaus dabei zu sein, auf der Intensivstation. Er wollte an Großvaters Bett sitzen und seine Hand halten, wie alle Erwachsenen es tun, wenn sie einen Kranken trösten wollen, obwohl sie diesen Menschen sonst vielleicht noch nie im Leben angefasst haben. Sicher wurden gerade im Flüsterton Unterhaltungen mit den Ärzten geführt. Und er war doch alt genug, um dabei zu sein! Er wollte am Puls des Geschehens sein. Konnte man das nicht verstehen?

Aber mit dem Fahrrad konnte er da sowieso nicht hinfahren, das Krankenhaus lag viel zu weit entfernt. Außerdem hatte Ma ja schon entschieden, dass er zum Schwimmtraining gehen sollte. Sie hatte ihm gar keine Wahl gelassen.

Während er weiter in die Pedale trat, versuchte Grant, sich seinen Großvater vorzustellen. Wahrscheinlich lag er in einem ordentlichen weißen Krankenhausbett, genauso eins wie das, in dem Großmutter gelegen hatte. Ob seine Augen offen waren oder geschlossen? Schlief er oder war er wach?

Ich habe den Umschlag gefunden, Großvater. Schon vor sehr langer Zeit. Genauso wie den Kaugummi. Das würde ich dir gerne sagen.

Vielleicht war das so eine Art Gebet. Grant hatte keine Ahnung. Er betete nie. Aber während er weiterfuhr dachte er, dass es wohl so gehen musste; dass man mit jemand sprach, der nicht da war.

Eine Windböe kam plötzlich auf, schob Grant an und beschleunigte seine Fahrt.

Es war schon nach zehn Uhr abends, als sich das automatische Garagentor rumpelnd öffnete und der Jeep von Grants Mutter die Einfahrt hinauffuhr. Grant steckte den noch immer ungeöffneten Umschlag in sein Geschichtsbuch und kletterte auf die Schreibfläche seines Sekretärs. Wenn er die Beine kreuzte, passte er genau darauf und konnte von hier aus auf den Hauseingang hinunter sehen.

Ihre schlanke Gestalt bog sich unter dem Gewicht einer riesigen Aktentasche, die sie mit beiden Händen trug. Grant hätte ihr gern geholfen, aber bis er unten angekommen wäre, hatte sie das Haus längst betreten.

Er hörte, wie die Aktentasche über die Bodenfliesen kratzte, während sie sie unter die Ablage der Garderobe unterhalb seines Rucksacks schob.

»Graaaant?«

Es gefiel ihm, wie sie seinen Namen rief, mit Höhen und Tiefen in einer einzigen Silbe.

»Ja, Ma«, rief er zurück.

»Schatz?« Ihre Stimme schallte jetzt die Treppe herauf. »Lässt du mich wirklich zu dir hochrennen, um mit dir zu sprechen? Ich bin völlig erschlagen!«

»Ich komme schon!«, rief Grant. Er rutschte auf Socken über den Flur, dann donnerte er die Stufen hinunter und rannte seine Mutter, die am Fuß der Treppe stand, fast um.

»Du hast meine Nachricht doch bekommen, oder?«, fragte sie und wischte sich eine Strähne ihres kastanienbraunen Haares aus dem Gesicht.

Grant nickte. »Ist es ernst?«

»Ja, sogar ziemlich ernst. Gibt es vielleicht trotzdem eine Umarmung?«

»Ja, solange du es nicht weitersagst.« Grant legte seine Arme um sie. Als er noch klein war, hatte sie ihn, wenn sie nach Hause kam, immer ganz fest gedrückt, ihn hochgehoben und ihn geküsst. Aber jetzt waren sie ungefähr gleich groß.

Sie lächelte, während sie ihre Arme wieder sinken ließ, aber es war nur ein ganz schmales Lächeln. Sie presste ihre Lippen so fest aufeinander, dass die obere kaum noch zu sehen war. »Keine Angst, Schatz, es wird schon alles gut werden.« Sie ließ ihre Finger durch Grants Haarwirbel gleiten und strich die Ponysträhnen aus seinen Augen. »Komm«, sagte sie. »Setz dich zu mir, während ich mir etwas zu essen mache, dann erzähle ich dir alles.«

Grant setzte sich auf seinen Hocker am Frühstückstresen in der Küche und beobachtete seine Mutter, die jetzt ihre Schuhe neben ihre Aktentasche stellte und die Kostümjacke aufhängte. Hier sieht sie ganz anders aus, als wenn sie arbeitet, schoss es ihm durch den Kopf.

Er hatte sie ein paar Mal im Gerichtssaal erlebt. Beim ersten Mal hatte er sich erschreckt. Der Gerichtsdiener hatte »Aufstehen!«, gepoltert und die Tür hinter den Sitzen war geöffnet worden. Dann kam sie, in ihrer langen schwarzen Robe, und setzte sich auf den großen Sessel, der sie fast verschlang – auf ihren »Thron«, wie sie selbst manchmal aus Spaß sagte –, während alle anderen warteten, bis sie saß. Damals war sie ihm in diesem Raum mit den hohen Decken und den riesigen Möbeln wie Alice im Wunderland vorgekommen, nachdem sie zu viele von den Schrumpf-Kuchen gegessen hatte. Jedenfalls sah sie überhaupt nicht wie seine Mutter aus.

So gefiel sie ihm viel besser, wie sie auf Strümpfen in der Schublade unter dem Herd laut polternd nach einer Bratpfanne suchte. Nicht, dass er auf seine Mutter und ihren Beruf nicht stolz gewesen wäre, das war er auf jeden Fall. Aber so war sie ihm einfach lieber, sie wirkte vertrauter, eben mehr wie seine Mutter.

»Hast du zu Mittag gegessen?«

»Was Vidella mir hingestellt hat. Das Huhn von gestern.«

Sie nickte. »Was täten wir ohne Vidella!«

Ein leises Fauchen ertönte, als sie den Herd einschaltete. Sie nahm einen Karton Eier aus dem Kühlschrank und schlug sie in eine Stahlschüssel. Das Geräusch des Anknackens und Öffnens der Schalen erfüllte den Raum.

Grant unterbrach sie nach dem vierten Ei. »Ma? Äh ...«

Sie sah auf, ihre Hand schwebte über der Schüssel.

»Isst du die eigentlich alle allein?«

Sie zählte die Eigelbe, die in der Schüssel schwammen. »Oh, möchtest du auch welche?«

»Ich könnte jedenfalls ein paar vertragen.«

Sie schlug ein weiteres Ei auf, dann begann sie zu erzählen, bevor Grant sie noch einmal daran erinnern musste.

»Das Heim rief gegen zwei Uhr an. Sie sagten, Großvater

hätte eine Art Zusammenbruch gehabt. Sie hatten schon gestern bemerkt, dass er durcheinander war – einmal wäre er auch fast gefallen –, aber sie hatten dem weiter keine Beachtung geschenkt. Dann bekam er heute plötzlich Sprachstörungen. Und als sie mich endlich erreicht hatten, konnte er überhaupt nicht mehr sprechen und auch nicht mehr laufen. Da waren sie aber auch schon auf dem Weg ins Krankenhaus.«

Sie schlug noch ein Ei auf. »Ich habe natürlich gleich in der Kanzlei in Chicago angerufen, wo Pa diese Woche ist. Ich habe ihm die Nachricht sogar in die Besprechung bringen lassen.«

Grants Vater war Rechtsanwalt. Er war der »Hughes« von »Nash, Brakeman & Hughes«, der größten Anwaltskanzlei des Landes. Und nachdem Mr. Nash verstorben war und Mr. Brakeman sich zurückgezogen hatte, war Hughes der wichtigste Name in dieser berühmten Kanzlei.

»Wir haben hin und her überlegt, aber er konnte auf keinen Fall schon heute zurückkommen. Er wird am Freitag wieder hier sein.«

Mittlerweile hatte Grants Mutter alle zwölf Eier aufgeschlagen und begann nun, sie schaumig zu rühren. Dann goss sie die gelbe Masse in die heiße Pfanne. »Ich mache Kaffee. Möchtest du auch eine Tasse?«

Grant war überrascht. Seine Mutter hatte ihn noch nie gefragt, ob er Kaffee wollte. Aber er versuchte, völlig normal zu klingen. »Sicher, gern.«

Offenbar bekam seine Mutter gar nicht mit, dass sie ihm etwas Außergewöhnliches angeboten hatte. Sie goss Wasser ein und gab Kaffeepulver in den Filter der Kaffeemaschine.

»Jedenfalls«, erzählte sie weiter, »fuhr ich gleich hinaus. Und um es kurz zu machen: Großvater ist sehr, sehr krank. Zuerst dachten die Ärzte, es könnte alles Mögliche sein: Eine Gehirnblutung oder ein Gehirntumor ...«

Ein Gehirntumor! So etwas hatte Großmutter auch gehabt. Einen langsam wachsenden Großhirn-Tumor, der sie dreizehn Jahre lang sterben ließ.

» ... aber die Computeranalyse hat schließlich eine Art Gehirnschlag ergeben. Zur Zeit kann er seine Gliedmaßen nicht bewegen. Sofern sich das nicht mehr ändert, wird das Krankenhaus ihn nur noch einen oder zwei Tage zur Beobachtung behalten und ihn dann zurück ins Heim in die Intensivpflege bringen. Im Moment scheint sein Zustand stabil zu sein und er ist auch ganz ruhig. Das ist der Stand der Dinge.«

»Du hast gesagt, er kann sich nicht bewegen. Dann ist er also gelähmt?«

»Ja, sozusagen.«

»Kann er denn sprechen?«

Sie schüttelte den Kopf. »Manchmal bringt er ein paar Laute hervor. So etwas wie ein Gurgeln tief im Hals. Es hört sich an, als versuchte er zu sprechen. Aber das ist auch alles.«

»Ma?« Sie rührte die Eier in der Pfanne um. »Ma, wird er sterben?«

Jetzt sah sie ihn an und ihre Blicke trafen sich.

»Möglicherweise, Grant.« Sie seufzte und wandte sich wieder den Eiern zu. »Aber mehr werden wir erst wissen, wenn die Untersuchungen abgeschlossen sind.«

Grant legte Untersetzer und Besteck auf den Tisch. »Ich hatte schon gedacht, du kämst überhaupt nicht mehr zurück. Was hast du denn eigentlich so lange gemacht?«

»Erstens hatte das Heim schon jemand, der auf Großvaters altes Zimmer wartete. Wir sollten seine Sachen so bald wie möglich herausräumen und ich dachte, am besten mache ich es selbst, gleich heute Abend. Morgen beginnt ein längerer Prozess und dein Vater ist bei solchen Sachen sowieso keine große Hilfe. Wozu hätte ich also warten sollen?«

Sie klang ein bisschen entnervt. Nun ja, nach einem solchen Tag war das wohl kein Wunder. Aber Grant hatte es erst in dem Moment bemerkt, als sie von seinem Vater sprach.

»Und zweitens habe ich mit den Ärzten gesprochen, oder besser gesagt: Ich habe den ganzen Nachmittag über versucht, mit ihnen zu sprechen.«

Sie kam mit zwei Tellern voll dampfenden Rühreis herüber. Den einen, dessen Portion aus etwa zehn Eiern bestand, stellte sie an Grants Platz, dann kletterte sie auf den hochbeinigen Hocker neben ihm.

»Außerdem gab es eine Menge Formulare auszufüllen. Alle hatten es sehr eilig. Seltsam ...«

Die letzten Tropfen Kaffee rannen durch den Filter. Grant nahm zwei Tassen von den Haken unterhalb des Hängeschranks. »Wann kann ich ihn besuchen?«, fragte er.

»Wie wäre es am Freitag nach der Schule? Dann ist Großvater auch vielleicht schon wieder im Heim. Freitag hast du kein Schwimmtraining und Pas Flugzeug landet um vier Uhr. Er wird also ziemlich zeitig wieder hier sein. Ich werde auch früher Schluss machen und dann können wir Großvater gemeinsam besuchen gehen. In Ordnung?«

Grant goss Kaffee in beide Tassen. Seine Mutter trank ihn schwarz, aber sich selbst traute er nicht zu, das Zeug so runterzubringen. Während er seiner Mutter den Rücken zudrehte, goss er einen ordentlichen Schluck Milch in seine Tasse.

»Aber bis Freitag Nachmittag ist es doch noch eine Ewigkeit, Ma.« Er setzte sich wieder und probierte den Kaffee. Er schmeckte gar nicht schlecht.

»Wie wäre es denn mit Plan B: Du schreibst mir eine Entschuldigung für die Schule«, schlug er vor und legte seinen treuesten Hundeblick in seine dunklen Augen, von dem er genau wusste, dass seine Mutter ihn unwiderstehlich fand.

Aber sie schüttelte den Kopf und rührte in ihrem Kaffee, obwohl sie gar nichts hineingetan hatte.

»Hör zu, Grant, Großvaters Zustand ist stabil. Und falls sich etwas daran ändern sollte, wird uns das Krankenhaus anrufen. Dann werde ich dich natürlich sofort zu ihm bringen. Versprochen! Aber du wirst wirklich noch genügend Gelegenheit haben, Großvater zu besuchen. Allerdings nehme ich an, dass er zunächst einmal im anderen Flügel bleiben wird.«

»So wie Großmutter also.«

Grant konnte sich noch gut an seine Großmutter erinnern. Normalerweise hatte sie in einem Bett gelegen, aber nicht immer. Manchmal saß sie in einem speziellen Rollstuhl, der eine zurückklappbare Rückenlehne und eine Kopfstütze hatte, und an dem man außerdem noch ein Tablett befestigen konnte. Auf diese Weise musste sie ihren Kopf nicht selbst halten und musste auch nicht zum Schlafen oder Essen hin und her gehoben werden. Grant hatte seine Großmutter allerdings immer nur schlafend gekannt – ob im Bett oder in ihrem Stuhl.

»Genau wie Großmutter also«, wiederholte er. »Das hast du doch auch gedacht, stimmt's?«

Seine Mutter stocherte in den Rühreiern auf ihrem Teller herum. »Vielleicht, Grant. Vielleicht habe ich das auch gedacht.«

2

Es war Freitag Nachmittag. Der erste von sechs sanften Uhrschlägen klang durch das Wohnzimmer.

Auf einem der beiden zweisitzigen Sofas lag Grant und ließ seine Beine über die Armlehne baumeln. Mit seiner Faust schlug er in den Baseballhandschuh und vergrub sie darin. Er erinnerte sich daran, dass sein Vater einmal zu ihm gesagt hatte: »Du darfst niemals pünktlich sein. Ein wichtiger Mann wird immer von etwas Wichtigerem aufgehalten – ob es tatsächlich so ist oder nicht.« Dann hatte er gezwinkert. Grant schlug erneut mit der Faust in den Handschuh, während der letzte Uhrenschlag verhallte.

»Sechs Uhr. Ich wette, Pa ist vom Flughafen aus erst noch ins Büro gefahren.« Grant sprang auf und schwang sich über die Rücklehne des Sofas. »Jetzt rufe ich ihn an.«

Seine Mutter saß am Esstisch, der ohne zusätzliche Tischplatten sechzehn Personen Platz bot. Sie sah kurz auf, sagte aber nichts und beschäftigte sich dann wieder mit dem Schriftsatz, der vor ihr lag. Sie war früh nach Hause gekommen, hatte Jeans und einen Pullover angezogen, und arbeitete noch, solange sie warteten. Ihre große Lederhandtasche hing schon über der Rücklehne des Stuhls bereit.

Grant drückte die Kurzwahl für das Büro seines Vaters.

»Nash, Brakeman & Hughes«, antwortete eine Stimme, die so sanft und leise wie das Schnurren einer Katze klang.

»Hier ist Grant Hughes. Ist mein Vater noch im Büro?«, fragte Grant eilig.

»Ich werde Sie mit seinem Büro verbinden.«

Grant warf seiner Mutter einen Blick zu und verdrehte die Augen. Sie zuckte die Schultern und blätterte eine Seite weiter.

So war es immer. Die Dame am Empfang gab niemals darüber Auskunft, ob Mr. Hughes im Büro war oder nicht, sogar wenn er gerade vor ihren Augen mit dem Mantel über dem Arm an ihr vorbei zum Aufzug ging. Um eine solche Auskunft zu bekommen, musste ein Anrufer erst einige Hürden überwinden.

Nach zwei weiteren Stimmen geriet Grant endlich an eine, die er kannte.

»Hier ist Evelyn. Worum geht's?«

Evelyn arbeitete schon so lange Grant denken konnte als Rechtsanwaltsgehilfin bei seinem Vater. Sie hatte eine laute, rauhe Stimme, die genau zu ihrer Erscheinung passte: der eines Dampfschiffes, denn sie rauchte in einem fort und trug stets Kleidung in unterschiedlichen Schwarz-Weiß-Kombinationen. Aufgrund ihrer Stimme und ihrer Erscheinung zog Nash, Brakeman & Hughes es vor, sie weit genug vom Empfangstresen entfernt zu halten. Aber sie war trotzdem die wichtigste Stütze im Büro von William Henry Hughes und das war allgemein bekannt.

Als Grant sie am anderen Ende der Leitung hörte, lächelte er. »Hallo, Evelyn. Ist mein Vater noch da?«

»Er ist vor genau zwölfeinhalb Minuten gegangen.« Ihre Stimme donnerte wie aus einer Hi-Fi-Anlage. »Ich hab mich schon gewundert.«

Grants Vater verließ das Büro normalerweise nie vor halb acht.

»Vielleicht hat mein Vater nichts davon gesagt, aber mein Großvater, also sein Vater, ist im Krankenhaus ...«

»Er hat nichts erwähnt.«

»Jedenfalls wollten wir heute Nachmittag zusammen zu ihm fahren. Um fünf Uhr«, konnte Grant sich nicht verkneifen, hinzuzufügen.

»Um fünf Uhr? Das soll wohl ein Witz sein?«

»Warum? Eigentlich nicht.«

»Hör zu, Junge, dein Vater ist schon rein körperlich absolut nicht in der Lage, das Büro um fünf Uhr zu verlassen. Das weißt du doch. Nimm es also nicht persönlich, er kann einfach nicht anders.«

»Oh, Evelyn, ich glaube, ich höre ihn gerade. Also danke. Und bis bald.«

Grant legte gerade auf, als sein Vater den Kopf durch die Tür steckte und eintrat. Er trug eine Sonnenbrille mit Horngestell. In einer Hand hielt er eine dünne Aktentasche und den Kleidersack aus Leder hatte er sich über die Schulter gehängt.

»Alles klar auf der Andrea Doria?«, fragte er mit strahlendem Lächeln. Für dieses Lächeln hätten Zahnpastafirmen ihm sicher ein Vermögen gezahlt und auch Grant konnte ihm kaum widerstehen, wie immer. Aber er beherrschte sich doch und sagte gar nichts.

Jetzt stand seine Mutter auf, um seinen Vater zu begrüßen. Sie drückten sich einen flüchtigen Kuss auf die Lippen.

Grant konnte sich noch daran erinnern, wie seine Eltern sich früher an der Tür begrüßt hatten. Es war auch nur ein Kuss gewesen, aber nicht so flüchtig. Außerdem hatte sein Vater dabei die Aktentasche abgestellt. Einmal hatte Grant sogar aus seiner hüfthohen Perspektive direkt vor seinen eigenen Augen gesehen, wie die Hand seines Vaters über den Hintern seiner Mutter geglitten war, als er sie drückte. Grant hatte daraufhin zu ihr hinaufgesehen. Sie hatte gelacht und dabei sehr hübsch ausgesehen.

Jetzt streckte sein Vater ihm die Hand entgegen. Grant ergriff sie und erwiderte den festen Druck.

»Na, mein Sohn, heute wieder mal Champion gewesen?«

Das war die Standard-Begrüßung seines Vaters. Grant hasste sie. Was sollte er darauf wohl sagen? Und was war überhaupt so toll daran, ein Champion zu sein?

Grant sah ihm in die Augen. »Und du? Warst du einer?« Er hatte seinem Vater gegenüber noch nie einen solchen Ton angeschlagen, jedenfalls nicht so offen. Aber jetzt konnte er nicht anders. Und es tat gut.

Sein Vater sah ihm ebenfalls in die Augen und schüttelte seinen Arm auf und ab. Der Händedruck wurde noch fester. »Das hoffe ich jedenfalls, Grant.«

»Also los jetzt.« Grants Mutter ergriff ihre Tasche und schob die beiden aus der Tür. »Wir müssen gehen.«

Als sie auf die Station kamen, saß gerade Belle, eine große, dunkelhäutige Frau, im Schwesternzimmer. Als Grant sie sah, musste er ihr freundliches Lächeln einfach erwidern. Belle hatte schon Großmutter gepflegt und sie wusste eine Menge über die Familie. Es gab ein paar Umarmungen, ein bisschen Staunen darüber, wie groß Grant geworden war, und überhaupt das Übliche, was zu einem Wiedersehen gehört.

»Ihr beiden könnt ja schon mal vorgehen, ich möchte noch mit Belle sprechen.« Grants Mutter deutete in die Richtung, wo Großvaters neues Zimmer lag. »Er liegt im letzten Zimmer des Flures.«

Grant las die Namen auf den Türschildern. Einige kannte er noch aus der Zeit, als er seine Großmutter hier besucht hatte. Sie war vor knapp zwei Jahren gestorben, kurz nachdem Großvater in das Heim gezogen war. Seitdem waren sie diesen Flur nicht mehr entlanggegangen. Grant überlegte, wie viel sich in dieser Zeit für ihn verändert hatte. Er ging nicht mehr in die sechste, sondern in die achte Klasse. Auf seiner Brust und unter den Armen wuchsen die ersten Haare und im Schwimmen gehörte er einer höheren Leistungsgruppe an. Und während dieser ganzen langen Zeit hatten alle diese Leute nur noch hier gelegen.

Jetzt verschwand Grants Vater durch die letzte Tür. Grant lehnte sich an die gegenüberliegende Wand, die Hände in den Taschen, und ließ seine Augen zum Türschild wandern.

HENRY HUGHES stand da. Henry war Großvaters Taufname, aber er war immer nur Hank genannt worden. Grant war froh, dass sie Henry geschrieben hatten. Er kannte nämlich keinen Henry.

Drinnen im Zimmer hatte Grants Vater neben Großvaters Bett eine Art »Rührt euch«-Stellung eingenommen, leicht breitbeinig, während er die Hände auf dem Rücken hielt. Aus Grants Perspektive wirkte die Szene wie ein Bild, wobei die Türfüllung den Rahmen bildete: der breite Rücken seines Vaters, das Bett, Großvaters unbewegliches Profil. Es war aber keine lebendige Szene, sondern nur eine Anordnung von Gegenständen, eine Art Stillleben. Für einen kurzen Augenblick löste sein Vater die Hände und Grant dachte schon, er würde Großvater anfassen. Aber er tat es doch nicht.

»Guten Tag, Vater. Ich bin's, William.«

Es war derselbe Tonfall, den er sonst am Telefon seinen Klienten gegenüber anschlug. Aber hier wirkte dieser Tonfall deplaziert, viel zu heiter und viel zu zuversichtlich.

»Wie geht es dir heute?«

Was für ein Blödsinn! Aber offenbar fiel ihm nichts Besseres ein.

Eine Schwester betrat das Zimmer. Grants Vater schnippte ihr mit den Fingern zu, als wollte er eine Kellnerin auf sich aufmerksam machen. Sie flüsterten etwas und dann bedeutete ihr Grants Vater mit einer leichten Kopfbewegung, dass sie ihm auf den Flur folgen sollte.

Grant tat, als hätte er nichts beobachtet. Er versuchte so zu tun, als käme er gerade erst an. Dann drückte er sich an seinem Vater vorbei und betrat das Zimmer.

Er schob das Gitter herab und beugte sich über Großvaters Gesicht. Es war vollkommen unbeweglich, nur die Pupillen rollten unter den Augenlidern hin und her. Anscheinend träumte Großvater.

Auf dem Kaminsims der Ranch hatte ein Bild gestanden, auf dem Großvater seinen besten Hut trug, den schwarzen Stetson. Er hatte ihn tief in die Stirn gezogen, um sich vor der Sonne zu schützen, die auf seiner ovalen Gürtelschnalle blitzte. Großmutter schmiegte sich in seinen Arm. Sie hatte sich eine Rose aus dem Garten an die Bluse gesteckt. Hinter ihnen waren die ausladenden Umrisse des 1940er Pickups zu erkennen. Wenn Großvater jetzt träumte, dann sicher von dieser Zeit.

Aber vielleicht war er ja auch wach. Sicher wäre es gut, ihn zu berühren, seine Hand zu halten und ihm auf diese Weise zu zeigen, dass jemand bei ihm war. Dabei wurde Grant plötzlich klar, warum sein Vater das nicht gekonnt hatte.

Er warf einen kurzen Blick über die Schulter. Er wollte nicht, dass sein Vater ihn beobachtete. Aber der achtete sowieso nicht auf ihn. Er sprach auf dem Flur mit der Schwester. Ein paar Brocken des Gesprächs drangen zu Grant herüber. »Hat die Augen nicht mehr geöffnet ... nimmt Nahrung auf ...« Grant schaltete innerlich die Stimmen ab.

Er ergriff Großvaters Hand und legte sie in seine. Diese Hand hatte harte Arbeit gekannt, aber jetzt war sie schmal und blass. Der Unterschied zu seiner eigenen Hand, mit dreckigen Fingernägeln, Hornhaut vom Gitarrespielen und einer Telefonnummer in blauer Tinte, schlug ihm geradezu in den Magen.

Dann hallte der schnelle Schritt seiner Mutter über den Flur. Grant legte Großvaters Hand zurück auf seinen Bauch.

»Alles in Ordnung«, sagte Grants Mutter, während sie ins Zimmer trat. »Am Montag werden sie im Krankenhaus weitere Untersuchungen durchführen. Das Heim wird ihn dorthin begleiten und ihn betreuen.«

Sie hängte ihre große Ledertasche über den Griff der Schranktür, drückte kurz Großvaters Arm, und wendete sich dann der Kommode zu.

»Aber fahrt ihr denn nicht mit – du oder Pa?«, fragte Grant.

Seine Mutter öffnete die oberste Schublade und begann, Socken und Unterhemden einzuräumen. »Weißt du, Schatz, ich sehe keine Möglichkeit, wie ich das Montagmorgen neben der Verhandlung noch schaffen soll. Und dein Vater ...«, sie schloss die Schublade und bückte sich zur nächsten, »also, er sagt jedenfalls, er hat auch keine Zeit.«

Sie sah Grant über die Schulter an, während sie weiter die Wäsche faltete. »Großvater ist gut aufgehoben, Grant. Außerdem merkt er gar nicht, ob wir bei ihm sind oder nicht.«

So etwas durfte sie doch vor Großvater gar nicht sagen! Was war, wenn er es doch hören konnte?

Grant blickte zu seinem Vater, der immer noch draußen auf dem Flur stand. Die Schwester war nicht mehr da, aber dafür telefonierte er jetzt mit seinem Handy. Es sah nicht so aus, als würden sie noch lange hier bleiben. Er beugte sich zu Großvaters Ohr. Er flüsterte, damit seine Mutter, die ihm den Rücken zuwandte, während sie weiter die Kommode einräumte, ihn nicht hörte.

»Ich bin's, Großvater. Ich habe den Umschlag noch nicht geöffnet ...«, er legte eine weiße Haarsträhne hinter Großvaters Ohr, » ... aber ich werde es tun. Was immer auch darin steht – ich bin dazu bereit.« Grant hob zwei Finger. »Das schwöre ich.«

Als sie wieder zu Hause waren, schloss Grant die Tür seines Zimmers und schnitt damit das »Gute Nacht, mein Sohn« seines Vaters ab, das die Treppe heraufklang.

Er öffnete das Geheimfach des Sekretärs und legte den Umschlag vor sich hin, wie er es schon oft getan hatte. Und trotzdem war es diesmal anders. Denn diesmal wollte er ihn auch öffnen.

Ihm war jetzt klar, warum er es vorher nicht gekonnt hatte. Er hatte Großvater erst in diesem ordentlichen weißen Bett liegen sehen müssen – um mit eigenen Augen zu erkennen, dass die Voraussetzungen erfüllt waren. Es war jetzt soweit und es duldete keinen Aufschub mehr.

Grant knüpfte die Schnur auf. Sie war nur zweimal um die Klammer gewickelt. Er schüttelte den Umschlag und eine Kassette glitt in seine Hand.

So wie sich der Umschlag angefühlt hatte, hatte Grant nichts anderes erwartet. Er wendete die Kassette in seinen Händen. Es war eine völlig normale Hörkassette. Dann legte er sie zur Seite.

Er steckte seine Hand nochmals in den Umschlag und zog einen Brief hervor.

Auf der Rückseite war etwas notiert. »Milch, Eier, Salz, Kartoffeln, Schinken, Koteletts, Toastbrot.« Grant lächelte. Das war Großvaters Ernährungsphilosophie: »Schinken und Eier als Basis und obendrauf ein bisschen Salz.« Und noch etwas war typisch für Großvater, der über fünfzig Jahre lang Drahtstückchen gebündelt und in der Scheune gesammelt hatte: »Man kann alles zweimal benutzen, bevor man es wegwirft.«

Grant merkte selbst, dass er versuchte Zeit zu gewinnen.

Der Brief war zwei Seiten lang und über und über mit den vertrauten Kratzern und Flecken aus Großvaters Füllhalter bedeckt. Grant hielt den Brief an sein Gesicht und atmete seinen Geruch ein. Er roch nach Ledersätteln und nach frischem Heu. Dann fiel ihm ein, wie schwer es möglich war, dass sich ein Geruch so lange hielt und er roch nochmals an dem Papier. Er wusste nicht, ob es tatsächlich am Brief lag, oder ob ihm seine Fantasie einen Streich spielte. Aber er hatte das Gefühl, als sei Großvater ganz nah.

Komm schon, Hughes, du schaffst es.

Sehr langsam, denn die Handschrift war schwer zu entziffern, begann Grant zu lesen:

An meinen Enkel Grant

Die Geschichte auf der Kassette handelt von Großvater Chaps. Wahrscheinlich überrascht dich das nicht sehr. Aber diese Geschichte ist eine, die du noch nie zuvor gehört hast. Ich weiß, du hast gedacht, dass du sie schon alle kennst, aber das stimmt nicht. So viel Zeit hat man nämlich im ganzen Leben nicht!

Diese Geschichte ist fast eine Art Prüfung, ungefähr so wie in einem Märchen, wo der jüngste Prinz das Rätsel lösen oder den Drachen töten muss, um die Prinzessin zu bekommen. Allerdings kann ich dir jetzt schon sagen, dass es am Ende dieser Geschichte leider keine Prinzessin geben wird.

Wenn du alles durchschaut hast – also die Geschichte und das, worum ich dich bitte –, dann bist du alt genug für diese Aufgabe. Wenn du sie nicht verstehst oder es nicht tun möchtest, wirst du es lassen. Ich spreche hier allerdings nicht von dem Alter, das man an den Jahren abzählen kann, wie du dir vielleicht schon denken kannst, Grant. Die Jahre haben mit dem Alter nämlich gar nichts zu tun.

Vielleicht könnte man meinen, dass ich dich nicht in diese Lage bringen sollte. Darüber habe ich auch sehr lange nachgedacht. Ich möchte dir keine Schwierigkeiten bereiten, Grant, und diese Sache ist sogar sehr schwierig. Aber so ist es nun einmal: Das ganze Leben ist schwierig. Und davor kann ich dich leider nicht beschützen.

Ich möchte noch etwas sagen: In der Geschichte geht es nicht um den Jungen. Ich wiederhole: Es geht nicht um den Jungen. Das möchte ich klarstellen.

Genau genommen gibt es nur einen Grund, warum ich dich darum bitte. Er ist ganz einfach: Ich habe nur dich. Großmutter ist zu krank, die Arme, und ich kann nur hoffen, dass sie mir schon vorausgegangen ist, wenn du diesen Brief liest. Ich wäre froh, wenn ich mit ihr über diese Dinge gesprochen hätte, bevor sie krank wurde. Aber das haben wir eben nicht und ich finde, diese Frage kann kein anderer Mensch entscheiden, auch nicht der Ehemann, mit dem man länger als fünfundzwanzig Jahre verheiratet war. Jetzt stehen wir im Regen, sie vor allem. Aber ich habe etwas daraus gelernt.

Was deinen Vater betrifft – wir hatten nie ein enges Verhältnis. Wir standen uns einfach niemals so nah wie du und ich uns nahe stehen.

Außerdem würde dein Pa niemals das tun, worum ich dich bitte. Das kannst du mir glauben. Vor einer guten Weile war ich mal bei so einem Rechtsanwalt, von dem ich in der Zeitung gelesen hatte, um für deine Großmutter und mich eine Willenserklärung verfassen zu lassen. Was ich für meine hundert Dollar herausbekommen habe, war nicht mehr, als dass es ein riesiger Hickhack ist und deiner Großmutter kein bisschen helfen würde. Und ich selbst käme damit auch nicht weiter.

Jedenfalls hat gestern auch noch dein Vater diesen Rechtsanwalt getroffen und mitbekommen, dass ich mich bei ihm erkundigt habe. Er ist fast durchgedreht und hat gesagt, wenn er jemals so ein Papier mit der Unterschrift seines Vaters oder seiner Mutter finden würde, würde er es in Stücke reißen. Wir sollten beide die beste medizinische Hilfe erhalten, die es nur gibt, ob wir wollten oder nicht. Außerdem, meinte er, müsste man sich mit dieser Frage verantwortlich auseinandersetzen, bevor man so etwas anfängt. Darüber habe ich mich fast schwarz geärgert, aber ich habe trotzdem den Mund gehalten.

Also, such lieber gar nicht erst nach einer solchen Willenserklärung. Selbst wenn ich dir eine als kleine Hilfe hinterlassen hätte, müsstest du doch noch die Ärzte hinzuziehen. Die würden sich dann wiederum an deinen Vater wenden und dann wäre alles zu spät. Was deine Mutter betrifft: Ich mag sie sehr gern. Aber sie ist nun mal nicht mein eigenes Fleisch und Blut. Außerdem, ganz nebenbei, mit wem würde sie wohl darüber sprechen?

Bitte tu, was du tun kannst, Grant. Vielleicht ist es aber auch zu schwierig. Und wenn es das wirklich ist, dann mach dir keine Gedanken. Es wird schon irgendwie weitergehen.

Wenn du diesen Brief liest, werde ich so gut wie alle meine Wege gegangen sein – bis auf einen. Aber eines möchte ich dir aus dieser anderen Welt noch sagen: Ich liebe dich und ich sehne mich nach dir. Und ich brauche dich jetzt mehr als je zuvor.

Gute Nacht, Kamerad.

Großvater

P.S.: Ich habe gerade alles noch einmal durchgelesen und ich weiß, es klingt ein bisschen durchgedreht. Aber glaub mir, Grant, ich bin nicht durchgedreht. Lies den Brief noch mal und dann wirst du mich verstehen. Ich bin in dieser Sache so entschlossen, wie ich es selten in meinem Leben war. Ich möchte allerdings nicht zu deutlich werden, denn wenn jemand den Brief findet, könnte er dich in Schwierigkeiten bringen.

P.P.S.: Bitte entschuldige das ganze Gerede drumherum. Aber du weißt ja: Ich habe schon immer gern auf Umwegen erzählt.

3

Grant lag auf dem Rücken. Die harten Kanten der Holzbohlen schnitten in seine nackten Schulterblätter. Durch die Blätter der Bäume sah er Flecken des blauen Himmels. Dieses Baumhaus hatte er zusammen mit Avery gebaut – eigentlich war es eher eine Plattform als ein richtiges Baumhaus –, aus den Bruchstücken der Garage, die vor ein paar Jahren hinter dem Haus von Averys Eltern zusammengefallen war.

Er zog an einem Seil, das zwischen den Ästen herabbaumelte, und horchte auf das Klingeln der Glocke in Averys Zimmer. Avery wohnte in der Straße hinter Grants Haus und ihre Gärten stießen über Eck aneinander. Die Klingel hatten sie schon gebaut, als sie noch Kinder gewesen waren.

Jetzt erschien Avery am Fenster seines Zimmers. Sein rotes Haar stand in die Höhe. Er rieb sich die Augen. Sie hatten sich schon immer zu jeder Tages- und Nachtzeit aufgeweckt, je früher, desto besser. Aber um an einem Samstagmorgen zu klingeln, musste es schon um etwas wirklich Wichtiges gehen.

Nur mit einer ausgeleierten Pyjama-Hose bekleidet, die kaum auf seinen schmalen Hüften hielt, schob Avery sich nun durch das Fenster und kletterte auf das Dach. Von hier aus hangelte er sich am angrenzenden Baum hinunter, joggte durch den Garten, erklomm den Lattenzaun an der Stelle, wo sich die Ecken der Gärten berührten und schwang sich in die herabhängenden Äste.

»Was ist los?«, fragte er, während er vorsichtig seinen Fuß auf eine lose Planke setzte. Im Lauf der Jahre hatten sich einige ein wenig gelöst.

»Geh dir erstmal durch die Haare, Mann! So wie du aussiehst will ich gar nicht mit dir reden«, antwortete Grant gespielt angewidert.

Avery fuhr mit der Hand über seinen Schädel und grinste. Das war wirklich gut an Avery, dass er immer grinste. »Tut mir leid, ich dachte, es sei eine zwanglose Einladung«, antwortete er und kämmte sich mit den Fingern die Ästchen aus dem Haar.

»Zuerst die gute oder zuerst die schlechte Nachricht?«, fragte Grant.

Avery lehnte sich über den Rand der Plattform und spuckte hinunter. Gemeinsam sahen sie der Spucke nach, bis sie auf der einen Seite einer mächtigen Wurzel landete, die vom Stamm des Baumes aus über die Erde verlief.

»Deine Seite«, stellte Avery fest. »Du kannst es dir aussuchen.«

»Okay.« Normalerweise hätte Grant es Avery ja schon längst erzählt, aber er war zu sehr mit Großvater beschäftigt gewesen. »Die gute Nachricht ist ...« Er versuchte zwar, es sich nicht ansehen zu lassen, aber trotzdem glitt ein Grinsen über sein Gesicht. » ... ich habe den Sprung geschafft.«

»Mann, super!« Avery hob die Hände und sie schlugen ihre Handflächen gegeneinander. »Ich hab schon gedacht, du würdest deine ASCHA verpassen!«

»Meine was?«

»Deine ASCHA. A-S-CHA. Absolute Super-Chance.«

»Ach so, ja. Meine ASCHA.«

»Genau. Ich hab schon gedacht, keiner von uns macht es mehr. Wir wären eben nicht stark genug dazu oder nicht mutig genug.« Avery lehnte sich an einen der Äste, die die Plattform umgaben. Grant lehnte sich ihm gegenüber ebenfalls an, um das Gewicht auszugleichen.

»Und dann«, fuhr Avery fort, »wären wir eines Tages zu groß und zu schwer gewesen. Aber du hast's geschafft. Du hast deine ASCHA ergriffen. ›Ein schöner Tag ...‹« Avery sang den Song weiter. Er war ein echter Werbe-Song-Fan und kannte alle Melodien und alle Texte. » ... Komm, Welt, lass dich umarmen! Welch ein Tag!«

Grant musste lachen. Auch das fand er gut an Avery. Er konnte total schräg drauf sein und tat dabei völlig normal.

»Also«, sagte Avery schließlich. »Jetzt die schlechte Nachricht. Schieß los!«

»Tja – sie ist aber wirklich ziemlich schlecht«, antwortete Grant, während er die wechselnden Muster betrachtete, die die Blätter des Baumes im Wind bildeten.

»Spuck's endlich aus, Grant. Mach schon!«

»Es geht um meinen Großvater. Er ist sehr krank.« Mit einem Mal erstarb der sanfte Windhauch. »Sie haben ihn in den anderen Flügel verlegt.«

Avery sprang auf, sodass die Planken auf seiner Seite zu wackeln begannen. »Und?«

Grant setzte sich auf. »Was und? Er ist eben sehr krank.«

»Und ... der Umschlag?«

»Was für ein Umschlag ...?«

»Ja, zum Teufel noch mal, der Umschlag! Hast du ihn geöffnet?«

Grant riss ein Stück eines Efeu-Triebes ab und wickelte ihn um seinen Finger. »Ja, ich habe ihn geöffnet.«

»Und weiter?«, fragte Avery und machte eine kurbelnde Bewegung mit der Hand, als wenn er ein Tau aufrollte.

»Nichts weiter. Es war nur ein Brief.« Grant gab sich größte Mühe, um gleichgültig zu klingen. »Und eine Kassette, mit einer von Großvaters Geschichten. Das ist alles.«

Avery sah ihn so durchdringend an, dass Grant das geradezu fühlen konnte. Aber er richtete seine Augen weiter auf den Efeu-Trieb, den er jetzt zerpflückte. Dann schleuderte er ihn über den Rand der Plattform und legte sich wieder flach hin. Nun machte Avery es ihm nach und die Jungen lagen wieder nebeneinander, mit angewinkelten Knien, sodass ihre Beine nicht über den Rand hingen.

»Mehr kann ich dir nicht sagen, Avery«, fuhr Grant fort und wandte seinem Freund das Gesicht zu. »Ich habe das Band noch nicht gehört.« Er war durch Großvaters Brief vorsichtig geworden.

Sie lagen noch eine Weile im silbrigen Halbschatten, durch das Licht gesprenkelt, das durch die Blätter des Baumes fiel. Schließlich wandte auch Avery sein Gesicht Grant zu. Ihre Blicke trafen sich, nur wenige Zentimeter voneinander entfernt. »Okay.«

Das war alles. Punkt und Schluss. Wenn Grant nichts sagen konnte, konnte er eben nicht. Ende der Diskussion. Das war das Beste überhaupt an Avery.

Grant hatte keine Ahnung, wie lange er geschlafen hatte, aber die Sonne stand hinter den Blättern der Baumkrone schon ein beträchtliches Stück höher am Himmel. Zum ersten Mal seit Tagen fühlte er sich ausgeschlafen.

»Hey, Ave«, sagte Grant und knuffte seinen Freund in die Rippen.

»Hey, Grantham.« Avery, der immer und überall schlafen konnte, antwortete langsam, ohne die Augen zu öffnen.

»Hast du Lust auf eine Bibliothek?«, fragte Grant. Er hatte tonnenweise Hausaufgaben zu erledigen, die er einfach zur Seite geschoben hatte, seitdem Großvater krank geworden war. »Meine Mutter kann uns hinfahren.«

»Lust auf eine Bibliothek? Wie soll das denn gehen? Etwa ein Mädchen aufreißen und sie hinter den großen Lexika wild und leidenschaftlich lieben? Ich bin verrückt nach dir, völlig verrückt nach dir ...« Noch immer auf dem Rücken liegend und mit den Händen auf sein Herz drückend, sang Avery: »Oh, Karin, sexy Bibliothekarin ...«

Die Melodie war aus der Kaffee-Werbung! Das Schlimme an Averys Fimmel war, dass auch Grant die Melodien langsam kannte.

»Lass stecken, Avery.«

»Also gut, denken wir mal nach: eine Bibliothek«, meinte Avery. »Das ist doch der Ort, wo die vielen Bücher rumstehen, nicht wahr? Vielleicht ganz interessant. Aber ich habe leider gar keine Hausaufgaben auf.«

»Mensch, Avery, gibt es an eurer Schule eigentlich überhaupt nie Hausaufgaben?«

Averys Schule befand sich in einem alten Backsteingebäude im Zentrum der Stadt. Grant hingegen besuchte die »Academy«, eine Privat-Mittelschule, deren Schulhof mit einem schmiedeeisernen Gitter verschlossen war. Avery und Grant hatten schon oft ihre Hefte miteinander verglichen und festgestellt, dass sie sich in der Zeit von viertel nach acht bis viertel nach drei offenbar auf unterschiedlichen Planeten aufhielten.

»Hausaufgaben«, murmelte Avery. »Hab ich glaube ich früher mal gemacht. Muss aber schon ein paar Jahre her sein. Hausaufgaben – ja, genau so nannte man das. Aber ...«, Avery machte eine dramatische Pause, » ... die habe ich immer zu Hause gemacht.«

»Du Glücklicher! Also, was ist? Kommst du mit?«

»Tja, da gibt es nur ein Problem. Meine Cousine Miranda, oder besser: Randi, ist heute da. Du weißt schon, wer sie ist. Du hast sie schon mal bei meinem Onkel kennengelernt. Ist ja auch egal – kann sie denn auch mitkommen?«

Normalerweise hätte Grant sofort ja gesagt. Aber im Moment war sein Leben schon kompliziert genug. Mehr konnte er nicht gebrauchen. Vor allem nicht, wenn dieses mehr ein Mädchen war.

»Weißt du, Ave, ich habe wirklich ziemlich viel zu tun.«

»Dann verpasst du wieder mal deine ASCHA, Grant. Sie ist wirklich super, kann ich dir sagen, und genau dein Typ.«

»Was ist denn überhaupt mein Typ, Avery?«

»Um ehrlich zu sein: Total humorlos, das ist dein Typ. Wahrscheinlich hast du Recht, vergiss sie besser, sie würde dir sowieso nicht gefallen. Die ist viel zu lustig für dich!«

Grant zuckte die Schultern. »Vielleicht ein anderes Mal.«

»Okay. Dein Pech und ihr Glück. Wenn du bis nach dem Mittagessen warten kannst, komme ich mit. Dann ist deine ASCHA nämlich wieder weg.«

Den ganzen Tag lang kreisten Grants Gedanken um die Kassette, die eingeschlossen im Geheimfach des Sekretärs lag. Was ihm Mut machte, war das, wovon Avery heute gesprochen hatte: Diese Sache mit dem bereit sein, stark und mutig genug sein und den richtigen Moment finden. Daher nahm er an diesem Abend, nachdem er geduscht, sich die Haare gewaschen und auch die Zähne geputzt hatte – sich sozusagen auf den Anlass vorbereitet hatte –, die Kassette aus der Schublade.

Die Bettwäsche fühlte sich auf seiner feuchtwarmen Haut weich und trocken an. Er steckte sich die Kopfhörer in die Ohren, sodass Großvaters rauchige Stimme direkt in sie hineinflüstern konnte. Dann lehnte er sich gegen das Kopfteil des Bettes und sah zur Sternenkarte empor, die an der Zimmerdecke befestigt war. Er stellte sich vor, wieder klein zu sein, und auf der Veranda der Ranch auf Großvaters Schoß zu sitzen und zu schaukeln. Es würde schon alles gut werden. Wovor hatte er eigentlich Angst gehabt?

Dann schob er die Kassette in den Rekorder.

***

Es war im Jahr 1886. Der Blizzard fegte über das Land, das keinem gehörte. Heute ist es der Landzipfel von Oklahoma, den wir Pfannenstiel nennen, aber damals war es Niemandsland.

Großvater – mein Großvater, also dein Ur-Urgroßvater Chaps – war zu dieser Zeit schon seit zwanzig Jahren Viehtreiber. Er brachte die Longhorns über den Winter, um sie im Sommer nach Dodge zu führen.

An jenem Tag war es so kalt, dass die Pisse gefror, bevor sie den Boden berührte. Aber Großvater Chaps war trotzdem draußen bei der Herde. Er zog den Rindern die Eisklumpen aus der Nase, damit sie nicht erstickten. Es begann wieder zu schneien. Und als er sich umsah, merkte er, dass er ganz allein war.

Er rief nach seinem Kameraden. Aber nur der Wind hörte seine Stimme und trug sie davon.

Wohin er auch blickte, überall sah er nur eintöniges Grau. Er konnte den Horizont nicht mehr erkennen und er hätte auch nicht sagen können, wo oben und unten war, wenn er nicht zufällig gewusst hätte, dass seine Füße auf dem Boden standen.

Ihm war klar, dass ihm nichts weiter übrig blieb, als bei der Herde zu bleiben. Ich werde mich in Bewegung halten müssen, dachte er. Und wenn ich bis zum Abend keine Unterkunft gefunden habe, werde ich ein Rind schlachten und in seinen Bauch kriechen.

Aber schon ziemlich bald kam es ihm vor, dass er nicht mehr auf zwei Füßen lief, sondern zwei Eimer gefrorenen Wassers über den Boden schleifte.

Großvater Chaps zog sein Messer und begann nach Old Blue zu suchen, der größten und ältesten Kuh der Herde. Da stieß er plötzlich gegen etwas: gegen die gespannte Haut eines Indianerzeltes.

Zuerst dachte er, es sei verlassen. Aber als er genau hinsah, war deutlich eine kleine Rauchfahne zu erkennen, die aus der Spitze aufstieg. Na ja, sagte er zu sich, skalpiert werden geht jedenfalls schneller als erfrieren. Also tastete er sich zum Eingang des Zeltes voran und kroch hinein.

Er blinzelte ein paar Mal, bevor er etwas erkennen konnte. Aber was er dann sah, war das erbarmungswürdigste Häufchen Indianer, das man sich nur vorstellen kann. Sie hatten sich auf der Suche nach Wärme alle in diesem Zelt zusammengekauert.

Seine Augen hatten sich noch nicht richtig an die Dunkelheit gewöhnt, als er bemerkte, dass ein alter Mann in ein kostbares Rinderfell gehüllt war und direkt am Feuer lag. Er war mit allerlei Bändern und Federn und anderem Schmuck behangen, sodass Großvater Chaps ihn für den Häuptling hielt und zu ihm kroch.

Das Gesicht des Häuptlings war von Falten durchzogen, die so scharf waren, als hätte man sie mit einem Messer hineingeschnitten. Seine Augen waren tief eingesunken. »Hallo«, sagte Großvater Chaps. Was hätte er auch sonst sagen sollen?

Aber der Häuptling starrte nur in die Flammen und antwortete nicht.

Stattdessen erklang hinter Großvater Chaps eine Stimme, die Stimme eines Mädchens, und sie antwortete »Hallo«, als wäre das die natürlichste Sache der Welt.

Er drehte sich nach dem Mädchen um, das da aus dem Dunkel des Zeltes geantwortet hatte. Sie war sehr hübsch, etwa fünfzehn Jahre alt. Sie richtete sich unter der ärmlichen Decke, die sie um ihre Schultern geschlungen hatte, ein wenig auf und fuhr in perfektem Englisch fort: »Wir brauchen dringend etwas zu essen.«

Mehr musste sie gar nicht sagen. Großvater Chaps wandte sich schon um, kroch hinaus in die Kälte des Schneesturms und schlachtete Old Blue.

Schutz vor der Kälte gegen Essen, das war die Abmachung.

Sie brieten das Fleisch und aßen es. Eine der alten Squaws, Großvater Chaps meinte, dass sie wahrscheinlich die Frau des Häuptlings war, kaute für den Alten das Fleisch und spuckte es dann wieder aus, damit er es essen konnte. Aber der Häuptling nahm es nicht.

Es gab noch einen anderen Mann, der nicht aß. Er war sehr groß und trug sein langes schwarzes Haar offen – anscheinend der Medizinmann. Und obwohl es rund um ihn herum nach dem gebratenen Fleisch roch, rührte er keinen Bissen davon an.

Sie saßen schon seit Tagen hier fest. Das Mädchen hieß Bent Toe. Sie hatte Englisch gelernt, als sie in Fort Supply bei einem Mitglied der Armee als Hausmädchen arbeitete. Sie be-

richtete Großvater Chaps, dass sie zum Cheyenne-Stamm der Fox Band gehörten. Und der kranke alte Mann, sagte sie, sei der große Häuptling Wandering Shadow.

Wandering Shadow hatte während der letzten Jahre einen Haufen Schwierigkeiten zwischen ihrem Stamm und der Armee bereinigt. Wie zum Beispiel, als einer der Jungen die Fahne aus dem Fort gestohlen hatte. Die Armee fühlte sich dadurch angegriffen und wollte die Indianer deswegen in ein Reservat sperren, was allerdings ohnehin irgendwann geschehen wäre. Aber stattdessen ritt Wandering Shadow zum Fort und sagte: »Habt ihr als Jungen denn niemals Dummheiten begangen?« Und die Armee gab nach.

Sie hatten es Wandering Shadow zu verdanken, dass sie in Ruhe gelassen worden waren. Und nun befürchteten sie, dass der Häuptling sterben würde und sie allein blieben.

Der Wind heulte ununterbrochen um das Zelt und das Feuer begann zu flackern. Großvater Chaps und die Indianer saßen im Kreis und lutschten das Mark aus den Knochen des Rindes. Die ganze Zeit über sang und trommelte der Medizinmann, dessen Name Black Feather war, wie Bent Toe sagte, und schürte das Feuer. Aber soviel Mühe er sich auch gab, Wandering Shadow lag still daneben, zitterte und glühte zugleich vor Fieber.

Es war schon tiefe Nacht und alle waren halb verrückt vom endlosen Heulen des Windes und den unablässigen Gesängen. Sogar Black Feather schien erschöpft zu sein.

In diesem Moment erhob sich ein Junge. Er gehörte noch nicht zu den Kriegern, wenn es auch nicht mehr lange dauern mochte, bis er dazu zählte. Er trat aus dem Dunkel hervor und hockte sich neben Black Feather. Mit geschlossenen Augen und ohne sich zu rühren wartete er darauf, dass Black Feather das Wort an ihn richtete.

Wie Bent Toe Großvater berichtete, verlief ihr Gespräch so:

»Was will Gentle Rain mir sagen?«, wandte Black Feather sich an den Jungen.

»Gentle Rain will Black Feather sagen, dass er nicht mehr die vier Winde zur Hilfe für Wandering Shadow anrufen soll.«

»Wie will ein Junge wissen, was Wandering Shadow helfen kann, wenn die Medizin unserer Väter und Großväter es nicht kann?«

»Gentle Rain kann Wandering Shadow helfen. Aber nur, wenn die Fox Band aufrichtig Hilfe für Wandering Shadow wünschen.«

Black Feather antwortete zunächst nicht. Doch dann verließ er seinen Platz an Wandering Shadows Seite.

Der Junge ergriff eine Schale, die am Rand schon ganz abgestoßen war, schöpfte Schnee vor dem Eingang des Zeltes, und setzte dann die Schale neben das Feuer.

Dann schlug er die Bodenbedeckung des Zeltes zurück und begann, mit seinem Messer den gefrorenen Grund aufzuwühlen, bis er auf einen kleinen Stein stieß. Er öffnete einen Lederbeutel, den er an einem Band auf seiner Brust trug, und nahm einige getrocknete Beeren heraus. Mit dem kleinen Stein zerrieb er die Beeren auf einem der großen Steine, die rings um das Feuer lagen, zu Pulver.

Inzwischen war der Schnee in der Schale geschmolzen. Der Junge schüttele das Pulver hinein. Und schließlich legte er noch den Stein in die Mitte der Schale.

»Ist Häuptling Wandering Shadow durstig?«, fragte der Junge, während er neben dem alten Mann niederkniete und seinen Kopf anhob. »Gentle Rain bringt Wandering Shadow seinen Trank. Wenn Wandering Shadow ihn jetzt möchte.«

Wandering Shadow öffnete die Augen und blickte in die Schale mit dem Stein und dem Wasser. »Nur die Steine leben ewig«, sagte er nach einer geraumen Weile.

Der Junge nickte. »Ich bringe Wandering Shadow das Wasser der Steine. Es hat die Kraft der Ewigkeit.«

Wandering Shadows Augen, deren Weiß vom Fieber ganz gelb war, richteten sich vom Stein auf den Jungen. »Jetzt«, sagte er zu ihm, »jetzt ist ein guter Augenblick.«

Der Junge hielt die abgesplitterte Schale an Wandering Shadows Lippen und der Häuptling trank in tiefen Zügen. Dann sank er wieder zurück.

Gentle Rain stellte die Schale zurück auf die Steine neben dem Lagerfeuer. Er zog seine Kleider aus und schlüpfte unter die Decken zu Wandering Shadow, um ihn warm zu halten.

In dieser Nacht herrschte Stille. Kein Gesang erklang. Alle schliefen.

Am nächsten Morgen hob Black Feather die Decke von Wandering Shadows Gesicht und sah, dass er gestorben war.

»Gentle Rains Medizin hat Wandering Shadow weggeschickt«, schrie er den Jungen an.

»Black Feathers Medizin hielt ihn davon ab, zu gehen«, antwortete Gentle Rain mit gesenktem Kopf.

»Der Trank war vergiftet!«

»Es waren nur Wasser und Beeren.«

»Beeren? Was für Beeren denn?«, fragte der Medizinmann. »Du dummes Kind! Die Fox Band brauchten Wandering Shadow noch.«

Der Junge sah ihn an. »Wandering Shadow brauchte seine Ruhe.«

»Aber Gentle Rain hat behauptet, er wolle Wandering Shadow helfen.« Black Feathers Stimme hatte sich verändert. Sie klang nicht mehr ärgerlich, sondern es war fast ein Jammern.

Gentle Rain nahm den Stein aus der Schale, aus der im Lauf der Nacht das Wasser in der trockenen, verrauchten Luft des Zeltes verdunstet war, und steckte ihn zurück in den Lederbeutel. »Nur die Steine leben ewig.«

Und Black Feather schwieg, denn er wusste, dass der Junge Recht hatte.

Der Stamm der Fox Band bewachte zwei Tage lang Wandering Shadows erstarrten Körper, der noch immer in das kostbare Rinderfell gehüllt war. Dann ließ der Wind nach und die Sonne kam hervor. Großvater Chaps ließ sich von den Indianern die Richtung weisen und machte sich zum Aufbruch bereit. Doch bevor er ging, sagte er zu ihnen: »Ihr könnt euch immer ein Rind von der Herde holen, wenn ihr es braucht.« Und wenn das jemals ans Licht gekommen wäre, hätte es ihn seinen Job gekostet.

In gleißendem Sonnenlicht, das sich im Schnee spiegelte und die Augen blendete, schritt Großvater Chaps davon. Als er sich noch einmal umblickte, sah er den Leichenzug, mit dem die Fox Band, auch die Frauen und Kinder, Wandering Shadows Körper davontrugen.

Es dauerte kaum eine Stunde, bis Großvater Chaps wieder auf dem richtigen Weg war. Er hat das kleine Häuflein niemals wieder gesehen, obwohl er sagte, dass er immer nach ihnen Ausschau gehalten hat, wenn er wieder einmal durch diese Gegend kam.

Erst viele Jahre später, als er schon ein so alter Mann war, wie ich jetzt bin, las er in der Zeitung einen Nachruf. Er handelte von einem berühmten alten Indianer, der von seinem Stamm geliebt und respektiert worden war. Er hatte sein Leben, das er all die langen Jahre stets in einem Zelt und niemals in einem Haus verbracht hatte, nun in einem Reservat für Cheyenne und Arapaho, hoch oben im Norden Kanadas ausgehaucht. Er hieß Häuptling Gentle Rain.

Und Großvater Chaps behauptete, er hätte es ihm schon damals angesehen, als Junge, dass er einmal ein sehr weiser Häuptling werden würde.

Das Band war zu Ende. Grant, der noch immer aufrecht im Bett saß, drückte auf die Rücklauftaste. Er hatte die Geschichte verstanden, aber er musste sie noch einmal genau hören.

Himmel, Großvater!

Und Grant hatte ihm auch noch gesagt: »Das schwöre ich.«

Im Vergleich zu dieser Aufgabe kam ein Schwur so leicht über die Lippen.

4

Mittlerweile war schon Oktober. Grant hatte Geschichtsunterricht, die vorletzte Stunde an diesem Tag. Er sah aus dem Fenster. Auf der anderen Seite der Scheibe begannen sich die Birnbäume langsam feuerrot zu verfärben. Seitdem Großvater krank geworden war, waren vier Wochen vergangen. Und nur ein paar Tage weniger, seitdem Grant den Brief gelesen und das Band gehört hatte. *Es war im Jahr 1886. Der Blizzard fegte über das Land, das keinem gehörte.*

»Mr. Hughes!«

Grant wandte seinen Kopf zu Mr. Crowder, der sich vor ihm aufgebaut hatte, und auf Grants Augenhöhe das Ende seines hölzernen Zeigestocks in seine Handfläche schlug.

Grant schluckte. »Ja, Sir?«

»Mr. Hughes«, wiederholte Mr. Crowder, »könnten Sie zu der von Miss Johnson geäußerten Ansicht Stellung nehmen?«

Grant starrte auf sein Geschichtsbuch, das aufgeschlagen vor ihm lag, und suchte nach Hinweisen. Aus dem Augenwinkel sah er Mr. Crowders dunklen Anzug. Das Klatschen des Zeigestocks auf seine Handfläche erklang regelmäßig wie das Schlagen eines Metronoms. Sollt er es versuchen oder besser gleich aufgeben?

Er sah auf und blickte in das eisblaue Augenpaar. »Nein, Sir, ich kann leider keine Stellung zu Miss Johnsons Ansicht nehmen. Ich habe nämlich keine Ahnung, was sie überhaupt gesagt hat.«

Aus der letzten Bank erhob sich eine Welle von Gelächter, die jedoch abrupt erstarb, als Mr. Crowder seinen Blick dorthin wendete.

Grant hatte gar nicht vorgehabt, frech zu sein oder die Sache ins Lächerliche zu ziehen. Aber offenbar war es so angekommen.

Das Paar blauer Augen fixierte ihn. »Nur zu Ihrer Information, Mr. Hughes: Wir unterhielten uns gerade über die Boston Tea Party und darüber, ob der Aufstand gerechtfertigt oder ungerechtfertigt war. Und da wir gerade selbst mit einem kleinen Aufstand zu tun haben, sollten Sie uns ein kurzes Referat zu dieser Frage anfertigen. Und zwar bis morgen!«

Grant starrte auf das Buch, bis die Buchstaben vor seinen Augen zu flimmern begannen, und biss sich auf die Unterlippe. Die wenigen Male in seinem Leben, bei denen er Schwierigkeiten in der Schule gehabt hatte, konnte er an einer Hand abzählen. Daher war er es einfach nicht gewöhnt und seine Ohren begannen zu glühen.

Dabei war Crowder ein Arsch. Eine Art Rückfall in die dunklen Zeiten, in denen die Schüler still in der Bank sitzen mussten, während er über das referierte, was sowieso im Buch stand. Grant dachte an einen Freund, der behauptete, bei Crowder nur gelernt zu haben, wie man mit offenen Augen schlief.

Das laute Schrillen der Klingel riss ihn aus seinen Gedanken.

Grant schob sich durch den breiten Strom von Sechst-, Siebt-, und Achtklässlern, der sich auf die Pausenhalle mit den Schließfächern zubewegte. Jetzt hätte es ihm gut getan, die

Türen dieser ganzen Fächer zuzuknallen, oder besser: zuzutreten, alle auf einmal, der Reihe nach, so fest er nur konnte. Crowder wusste genau, dass er eigentlich ein guter Schüler war. Er hätte ihn nicht so blamieren dürfen. Deswegen war er stinksauer auf ihn.

Eigentlich war ja Großvater an allem schuld. Wenn er nicht an ihn gedacht hätte, hätte er auch keinen Ärger bekommen. Großvater vermasselte ihm allmählich sein ganzes Leben.

Er dachte an den Abend mit der Kassette zurück. Nachdem er die Geschichte dreimal gehört hatte, hatte er schließlich die Stopptaste gedrückt, die Ohrstöpsel herausgenommen, war aufgestanden und hatte das Band wieder im Geheimfach des Sekretärs eingeschlossen. Er hatte es einfach weggeschlossen. So simpel war das! Nicht mehr daran denken und Punkt!

Und das hatte funktioniert. Jedenfalls bis heute Nachmittag, als er aus dem Fenster gesehen hatte.

Wenn du alles durchschaut hast – also die Geschichte und das, worum ich dich bitte –, dann bist du alt genug für diese Aufgabe. Er hatte sehr genau durchschaut, was Großvater meinte. Ja, zum Teufel!

Grant quetschte sich aus dem Hauptstrom der Schüler heraus und ging zu seinem Schließfach. Als er es öffnete, fiel ein Stapel loser Blätter heraus. Er kniete in dem Gewimmel aus Beinen und Füßen nieder und sammelte die Blätter auf, während sie schon die ersten Abdrücke von Turnschuhsohlen abbekamen. Dann boxte er sich wieder hoch und schmiss die Blätter zurück ins Fach.

Großvater hatte überhaupt kein Recht, ihn, einen Jungen, in eine solche Situation zu bringen. Jetzt schnappte die Falle zu, etwa so wie die Tür des dunklen, engen Schließfachs jetzt zufiel, während er drin saß.

Er musste da raus. Er musste zu Großvater.

Und zwar gleich.

Als der Bus vor Grant hielt, übertönte das Zischen der Bremsen den übrigen Straßenverkehr. Abgase stiegen von der Unterseite auf und die Türen öffneten sich.

Vom Bordstein aus bildete Grant mit den Händen einen Trichter vor dem Mund: »Fahren Sie zur Dreiundsechzigsten Straße?«

Der Fahrer nickte.

Grant war noch nie mit so einem Bus gefahren. Nach einem tiefen Atemzug, der allerdings nur dazu führte, dass sich seine Lunge mit Abgasen füllte, betrat er die erste Stufe. Er hielt vorsichtshalber mehr Geld bereit, als das Ticket wahrscheinlich kosten würde. Dann schwangen die Türen wieder zu, der Bus machte einen Satz nach vorn und Grant wurde auf einen der vorderen Plätze geschleudert.

Es war das erste Mal, dass er die Schule schwänzte. Und angesichts dieser Tatsache hatte er die Chance, dass die Sekretärin, die die Anwesenheit überprüfte, im Zweifel für den Angeklagten entscheiden würde. Vielleicht würde sie annehmen, dass seine Mutter ihn vorher entschuldigt hatte und dass die Nachricht irgendwo untergegangen war. Und das Schlimmste, was überhaupt passieren konnte – jedenfalls heute –, war ein Anruf der Schule zu Hause und eine Anfrage auf dem Band. Das eigentliche Theater würde ja erst viel später beginnen, wenn sich herausstellte, dass er wirklich blaugemacht hatte.

Aber egal wie viel Ärger er sich damit einhandeln würde, das war es ihm auf jeden Fall wert. In der Schule wäre er sowieso nur verrückt geworden.

Wichtig war nur, dass er vor seiner Mutter wieder zu Hause war. Nicht weil er die Nachricht der Schule vom Anrufbeantworter löschen wollte; aber seine Chancen, heil aus der Sache herauszukommen, waren einfach größer, wenn er zuerst mit ihr sprach. Außerdem wollte er nicht, dass sie sich Sorgen machte. Wenn sie sich Sorgen machte, bekam sie schlechte Laune. Aber er würde es schon schaffen. Seine Mutter war nie zu Hause, bevor er vom Schwimmtraining zurückkam.

Himmel, das Schwimmtraining! Verdammt! Was würde der Trainer sagen? Daran hatte Grant gar nicht mehr gedacht! Das Heim war sechzig Straßen weit entfernt und es war unmöglich, dass er zeitig genug zum Training wieder zurück sein würde.

Grant hatte auch beim Schwimmen noch nie unentschuldigt gefehlt. Überhaupt hatte er noch nirgends einfach so gefehlt. Vielleicht sollte er anrufen und dem Trainer eine Nachricht hinterlassen. Aber was sollte er dann sagen? Dass er seinen Großvater besuchte? Was war das denn für eine Entschuldigung? Hörte sich ein bisschen erfunden an. Ziemlich schlappe Nummer. Außerdem hatte er sich schon bei Crowder mit der Wahrheit reingerissen. Dann war es vielleicht doch besser, einfach zu schwänzen.

Grant kniff die Augen zusammen, um die Schilder an den vorbeifliegenden Straßenkreuzungen zu entziffern. Es herrschte starker Verkehr und die Zahlen stiegen viel zu langsam an, wie Quecksilber in einem Thermometer. Er fuhr sich mit der Hand über Stirn und Schläfen.

Also gut. Vielleicht war es idiotisch, die Schule und das Schwimmtraining zu schwänzen und mit dem Bus quer durch die Stadt zu rasen, ohne einem Menschen zu sagen, wohin er fuhr. Das konnte ihm eine Menge Ärger einbringen. Vielleicht würde er deswegen sogar aus dem Schwimmteam fliegen? Ihm war auf einmal ziemlich schlecht. Aber vielleicht lag das auch nur an den Abgasen.

Grant rannte die drei letzten Häuserblocks bis zum Heim. Erst vor der Pförtnerloge verlangsamte er seine Geschwindigkeit auf ein anständiges Tempo und joggte dann wieder den

Flur entlang zu Großvaters Zimmer. Als er ankam, erstarrte er fast vor Schreck.

Das Bett stand leer. Die Laken waren über das Fußende zurückgeschlagen. War Großvater etwa gestorben?

Noch bevor Grant eine andere Möglichkeit in Erwägung ziehen konnte, wurde ein Rollbett mit dem Fußteil voraus in das Zimmer geschoben. Auf ihm lag Großvater. Ein junger Mann, der mit einer weißen Jacke bekleidet war und einen Goldknopf im Nasenflügel trug, schob das Bett am Kopfende herein.

Grant stürzte auf das Rollbett zu und ergriff Großvaters Hand.

»Gehörst du zur Familie?«, fragte der Mann.

»Ja, Sir«, antwortete Grant.

In dem Moment, als er antwortete, fühlte Grant ganz deutlich, dass seine Hand gedrückt wurde. Er sah Großvater an und sein Herz begann wie wild zu schlagen. »Hey«, schrie er den Mann beinahe an, »er hat meine Hand gedrückt.«

Während der letzten Wochen war Grant einige Male mit seiner Mutter hier gewesen. Dann hatte er nicht mehr kommen wollen. Er hatte es einfach nicht ausgehalten. Großvater war die ganze Zeit unansprechbar gewesen, aber vielleicht begann es ihm jetzt ja langsam besser zu gehen?

Er suchte sich einen Platz an der Längsseite des Rollbetts und drückte um sicherzugehen Großvaters Hand noch einmal. Sein Händedruck wurde erwidert – wie ein geheimes Zeichen. Jetzt war Grant doch heilfroh, dass er gekommen war. Es gab keinen Zweifel: Es war die absolut richtige Entscheidung gewesen!

Während Grant weiter Großvaters Hand hielt, sah er dem Mann beim Abziehen der Bettlaken zu.

»Wo sind Sie denn mit ihm gewesen?«, fragte er.

»Im Bad.«

»Oh, wirklich? Ich dachte immer, er wird im Bett gewaschen.«

»Einmal in der Woche können wir ihn mit einem Lift in die Badewanne heben. Öfter geht leider nicht. Seine Haut ist so empfindlich, dass sie dabei reißen kann.«

Haut, die reißt? Grant versuchte sich das vorzustellen. Allerdings wünschte er sich gleich darauf, dass er das lieber bleiben gelassen hätte.

»Und einmal im Monat bekommt er ein spezielles Physohex-Bad. Das war gerade sein erstes.«

Himmel, das hörte sich ja an wie ein Floh-Bad, das man einem Hund verpasst!

Jetzt faltete der Mann ein sauberes Betttuch auseinander, das weit über die Kanten der Matratze herabhing und die Luft mit einem feinen Hauch von Desinfektionsmittel erfüllte. Er zog das gestärkte weiße Tuch erst glatt und faltete und stopfte es dann rundherum fest. Vidella, ihre Haushälterin, war ja schon gut. Aber dieser Typ steckte sie noch locker in die Tasche.

»Sind Sie Krankenpfleger?«, fragte Grant. Er hatte noch nie gehört, dass es auch männliche Pfleger gab, aber – wieso eigentlich nicht?

»Noch bin ich kein Krankenpfleger, aber ich werde es. Erst muss ich die Schule zu Ende machen, darum arbeite ich nur nachmittags hier. Ich heiße Harland.«

»Nett, Sie kennenzulernen, Harland.« Was war das wohl für ein Mann, der von Beruf Krankenpfleger werden wollte? Wahrscheinlich ein ziemlich netter Mann! »Ich heiße Grant. Ich bin sein Enkel.« In diesem Moment fühlte er wieder den Händedruck.

Nachdem er mit dem Bett fertig war, wendete Harland sich Großvater zu und begann, ihn aus den Laken zu wickeln. Dann öffnete er die Bänder von Großvaters Krankenkittel.

Wenn Großvater mitbekommen hätte, dass ein Mann dabei war, ihm die Kleider auszuziehen, hätte er sicher Krach geschlagen. Irgendwie war das noch peinlicher, als wenn eine Frau das getan hätte. Und wie sollte Grant sich dabei verhalten? Sollte er hinausgehen oder sollte er sich vielleicht umdrehen?

Noch bevor er weiter darüber nachdenken konnte, zog Harland den Kittel beiseite, etwa so schnell, wie ein Zauberer sein Zaubertuch.

Grant ließ Großvaters Hand los. Es war Jahre her, seitdem er seinen Großvater das letzte Mal nackt gesehen hatte. Aber das da war nicht mehr der Körper, den Grant gesehen hatte, wenn Großvater sich für einen kurzen Sprung in den Weiher ausgezogen hatte. Dieser Körper war stark wie ein Baum gewesen, mit bis zum Ellenbogen braungebrannten Armen.

Sein Fleisch wirkte so weich, als glitte es gleich von den dünnen Knochen; etwa so, wie ein mit sehr wenig Wasser gefüllter Ballon durch die Finger gleitet. Und dort, wo sich unter der dünnen weißen Schambehaarung die Genitalien hätten befinden müssen, war alles eingesunken und zwischen den Schenkeln versteckt, sodass nichts mehr zu sehen war. Großvater war nicht einmal mehr ein Mann.

Jetzt trat Harland hinter ihn und Grant machte einen Schritt zurück. Er war froh, seinen Platz abgeben zu müssen. Mit schnellen, sicheren Bewegungen schob Harland eine Papierwindel unter Großvaters Hüften und knöpfte sie zu. Dann zog er Großvaters Arme durch einen frischen Kittel und verschnürte die Bänder im Nacken.

»Könntest du mir bitte mal helfen?«, sagte er plötzlich zu Grant. »Zu zweit ist es einfacher.«

»J-ja«, antwortete Grant. Er war von dem, was er gesehen hatte, geschockt und froh, dass er sich jetzt selbst sprechen hören konnte.

Harland erklärte Grant, wie es ging, dann hoben sie Großvater gemeinsam hoch. Es war etwa so, wie wenn man einen Schlafsack hochhebt; unhandlich, aber nicht richtig schwer.

»Vielen Dank«, sagte Harland, während er das Rollbett schon wieder hinausschob. »Ich dachte schon, er hätte überhaupt niemand. Umso besser, wenn es so einen netten Enkel wie dich gibt, der sich um ihn kümmert.«

Harland hatte den großen Aktenordner, in den er zwischendurch etwas geschrieben hatte, vergessen und liegen gelassen.

Es dauerte eine Weile, bis Grant aus den ganzen Abkürzungen schlau wurde, aber er gab nicht auf. Hier war Großvaters ganze Krankengeschichte verzeichnet, die Ergebnisse der ersten Untersuchungen des Krankenhauses und die Verordnungen der Ärzte. Es gab auch eine Liste der Telefonate, hinter denen meistens SCHWT stand. Das bedeutete »Schwiegertochter«, also seine Mutter, überlegte Grant.

Im Abschnitt »Schwesternberichte« wurden Großvaters Nahrungsaufnahme, sein Schlaf und sogar seine Verdauung vermerkt. Es gab Eintragungen wie »Pt. gurgelnde Halsgeräusche« (Pt. bedeutete wohl Patient, überlegte Grant) oder »REM«. REM bedeutete »Rapid Eye Movement«, das schnelle Rollen der Pupillen in einer bestimmten Traumphase. Davon hatte Grant schon mal in Biologie gehört. Und es gab noch einen Eintrag: »fester Händedruck Pt.«.

Aha. Er hatte es also schon vorher getan. Der Händedruck war überhaupt nichts Neues und er galt auch nicht allein Grant.

Am Ende des Ordners befand sich die Sparte »Prognose«: Lngfr. km. Bessrg. zu erwt. PT/ST n. indzt.« Unterschrift Dr. Soundso. Nachdem Grant die Eintragung noch ein paar Mal mit den anderen Kommentaren verglichen hatte, hatte er sie schließlich entziffert: Physiotherapie, also Bewegungstherapie, und Sprechtherapie waren nicht verordnet worden. Sie hielten ihn also für unheilbar.

Er schlug den Aktenordner zu. Da stand sowieso nichts Gutes drin, soviel war klar. Die Hoffnung, dass Großvater wieder gesund werden würde, war reine Traumtänzerei gewesen. Jetzt war es Zeit, aufzuwachen.

Grant lief im Zimmer auf und ab. Zum ersten Mal seit über einem Monat, seit all das passiert war, war er mit Großvater allein. Und jetzt wusste er plötzlich nicht, was er tun sollte.

Auf der Fensterbank stand eine neue Topfpflanze. Der Name auf der Karte sagte Grant überhaupt nichts. Er stammte wohl aus einem Teil von Großvaters Leben, den Grant nicht kannte. Er steckte die Karte einfach in die Tasche. Sicher würde seine Mutter dem Absender einen kurzen Dank schicken wollen. Dann trat er auf das kleine Pedal des Chromabfalleimers, um den Briefumschlag wegzuwerfen.

Der Deckel öffnete sich und der üble Geruch von abgestandenem Urin und Exkrementen entwich. Das war genau der Geruch, den Grant mit seiner Großmutter verband. Er hatte die ganzen Jahre lang in der Luft gehangen, hier, in diesem Zimmer, und jetzt war er wieder da. Grant zog seinen Fuß zurück und ließ den Deckel herunterklappen; aber es war schon zu spät, um den Haufen Windeln zu übersehen, die zu großen weichen Kugeln geformt darin lagen.

Grant stellte sich an die Seite des Bettes.

Oberhalb der Linie, die sein Farmerhut ihm gezogen hatte, schien Großvaters Stirn einem viel jüngeren Mann zu gehören: keine Narben, kaum Falten, viel straffer als das übrige Gesicht. Die Haut unterhalb dieser Linie war gegerbt wie Leder und von einem Muster unzähliger Furchen durchzogen. Unter den Augenlidern bewegten sich unablässig die Pupillen.

Grant setzte sich auf das Fußende der Matratze.

Er beobachtete, wie Großvaters Brust sich hob und senkte. Wie es wohl aussähe, wenn sie es nicht mehr täte?

Grant schloss die Augen.

Vom Ende des Flures tönte ein Fernseher. Draußen bellte ein Hund.

Warum war er eigentlich hierher gekommen? Was hatte er Großvater sagen wollen?

Dass die Aufgabe zu schwierig war? Wie kam er darauf, Großvater sagen zu wollen, dass es ihm zu schwierig war? War es nicht viel schwieriger, still in einem Bett zu liegen und sich von fremden Leuten trockenlegen zu lassen?

Oder dass es gemein von ihm war? Wieso denn? War es denn nicht noch gemeiner, wenn man wie ein Hund einmal im Monat gebadet wurde?

Er war hierher gekommen, um Großvater sämtliche Gründe zu nennen, warum er nicht das tun konnte, worum er ihn gebeten hatte. Aber was für Gründe hatte er eigentlich?

* * *

Verdammt! Der Jeep seiner Mutter stand schon in der Garage.

Während er über die Terrasse lief, konnte Grant seine Mutter in der Küche telefonieren sehen. Als sie sich umdrehte, entdeckte sie ihn auf der anderen Seite der Glastüren. Einen Moment lang spiegelte sich Erleichterung in ihrem Blick, dann zogen sich ihre Augenbrauen wieder zusammen.

Das bedeutete Ärger.

» ... und noch mal schönen Dank an Avery, dass er in der ganzen Nachbarschaft herumgefragt hat.«

Klick.

Mit in die Hüften gestützten Händen wandte sie sich Grant

zu und seufzte, wobei ihr Atem über ihr Gesicht glitt und einige Ponysträhnen aufwirbelte. »Himmel noch mal, Grant!«

Seine Mutter sagte sonst nie »Himmel«. Überhaupt fluchte sie nie, außer wenn sie sich zum Beispiel die Zehen stieß, aber auch dann versuchte sie es zu unterdrücken.

»Entschuldige bitte, Ma.« Etwas Besseres fiel ihm einfach nicht ein.

Sie hielt ihm die geöffnete Hand entgegen, wie ein Polizist, der den Verkehr anhält. »Moment mal. Bevor du noch ein Wort sprichst, muss ich erst deinen Vater anrufen. Ich habe ihm versprochen, dass ich mich melde, sobald du auftauchst.«

Während sie sich durch die üblichen Stellen verbinden ließ, betrachtete Grant das Muster der Bodenfliesen und rührte sich nicht vom Fleck. »Er ist wieder da, Bill, ja, einfach gekommen ... Keine Ahnung ... Ich werde es ihm sagen.« Klick. »Dein Vater sagt, er will dich sprechen, sobald er zu Hause ist.«

Grant rutschte das Herz in die Hose. Es kam höchst selten vor, dass sein Vater »ihn sprechen« wollte. Anscheinend hatte er es wirklich übertrieben.

Sie zog einen Hocker heran und gab Grant ein Zeichen, sich darauf zu setzen. »Nehmen Sie Platz, Sir.«

Er war überzeugt gewesen, dass er die Benachrichtigung der Schule glattbügeln konnte, wenn er als Erster zurückkehrte und alles erklärte. Aber er hatte eben nicht daran gedacht, dass er in den Berufsverkehr geraten würde.

Sie saß ihm gegenüber und wartete. »Also?«

»Ich war bei Großvater.«

Das Erstaunen war seiner Mutter deutlich anzusehen.

»Ich konnte einfach nicht anders, Ma. In der Schule bekam ich auf einmal das Gefühl, dass ich ihn unbedingt sehen müsste. Und ich habe gedacht, ich bin zurück, bevor du nach Hause kommst.«

Einen Moment lang sagte sie gar nichts. Vielleicht hatte seine Aufrichtigkeit sie ja entwaffnet. Ehrlichkeit war bei seiner Mutter immer das Beste.

»Wie um alles in der Welt bist du denn da hingekommen?«

»Mit dem Bus.«

»Mit dem Schnellbus?«

Grant nickte. Was gab es denn sonst für einen Bus dahin? »Ich musste ihn einfach sehen.«

»Darum geht es jetzt nicht, Grant. Egal, wie dringend du Großvater sehen wolltest, ist das keine Entschuldigung, um die Schule zu schwänzen. Wenn du mich im Gericht angerufen hättest, hätte ich dich ...« Sie verstummte.

Wirklich, Ma? Als ich dich das letzte Mal gebeten habe, mir eine Entschuldigung für die Schule zu schreiben, damit ich Großvater besuchen konnte, gleich am ersten Tag, als er krank war, hast du mich noch zwei Tage lang warten lassen.

» ... möglicherweise ...«

Aha. Sie erinnerte sich also auch.

»Wir sind vor Sorge um dich fast umgekommen, Grant. Ich kam etwas früher nach Hause und auf dem Anrufbeantworter war eine Nachricht von der Schule, dass du in der letzten Stunde gefehlt hast und ob da vielleicht ein Verständigungsproblem vorliegt. Dann habe ich im Schwimmbad angerufen und sogar Trainer Roberts ans Telefon rufen lassen. Und der sagte mir, dass du bei ihm auch nicht aufgetaucht bist. Da habe ich natürlich Angst bekommen. Ich habe erst einmal deinen Vater angerufen und dann weiter herumtelefoniert. Aber nach der Stunde bei Mr. Crowders hatte dich kein Mensch mehr gesehen. So etwas sieht dir doch gar nicht ähnlich, Grant. Und deswegen mussten wir eben annehmen, dass etwas passiert war.«

»Ich hätte wohl besser eine Nachricht hinterlassen sollen«, versuchte Grant einzulenken.

»Du hättest vor allem in der Schule bleiben sollen«, antwortete seine Mutter entschieden.

Dann konnte Grant die Sache aus seiner Sicht darstellen. Seine Mutter unterbrach ihn dabei zwar nicht, aber Grant hatte selbst den Eindruck, dass sein plötzliches Bedürfnis, Großvater zu sehen, ohne dabei von dem Brief und der Kassette erzählen zu können, nicht allzu überzeugend klang.

»Es tut mir wirklich leid, dass du dir Sorgen gemacht hast, Ma«, schloss er. »Aber es tut mir nicht leid, dass ich hingefahren bin.«

Sie stand auf, ging zur Spülmaschine und begann, das Frühstücksgeschirr auszuräumen.

»Ma?«

Sie räumte weiter die Spülmaschine aus, wandte ihm dabei aber den Kopf zu und zog die Augenbrauen in die Höhe.

»Großvater hat meine Hand gedrückt.«

»Grant«, antwortete sie unter dem Klappern des Porzellans. »Ich habe mir wirklich Mühe gegeben, deine plötzliche Sehnsucht nach Großvater zu verstehen. Aber ich kann sie einfach nicht nachvollziehen, auch wenn ich merke, dass sie für dich ein ausreichender Grund war.«

Sie unterbrach ihre Arbeit und verschränkte die Arme vor der Brust. »Und jetzt werde ich dir etwas sagen.«

Grant erinnerte sich, wie er gedacht hatte, dass ihm die Sache jeden Preis wert war. Aber vielleicht hatte er sich da doch getäuscht.

»Ich werde morgen in der Schule anrufen und die Verantwortung für dein unerlaubtes Fehlen übernehmen. Ich werde einfach sagen, ja, da gab es wohl ein Verständigungsproblem mit der Entschuldigung.«

Grant staunte. Er konnte sich nicht daran erinnern, dass seine Mutter ihm jemals zuvor so aus der Patsche geholfen hatte. Er murmelte zwar »Vielen Dank«, aber er wusste genau, dass diese Worte für seine Erleichterung und für seine Dankbarkeit bei weitem nicht ausreichten.

»Gern geschehen, Grant. Aber das soll nicht heißen, dass du dich nicht falsch verhalten hast.« Sie löste ihre Arme und legte die Hände auf seine Schultern. »Sagen wir, du bekommst eine neue Chance. Aber denk dran, dass Pa und ich von Zeit zu Zeit auch mal eine brauchen können.«

Unter dankbarem Schweigen half Grant ihr nun, das restliche Geschirr einzuräumen. Nachdem das Besteck einsortiert und die Schranktüren wieder geschlossen waren, wandte er sich noch einmal an sie.

»Ich weiß, dass jetzt nicht gerade der beste Zeitpunkt dafür ist, aber meinst du nicht, dass ich ... vielleicht wieder mal ins Heim fahren könnte, ich meine, allein.« Er schwieg einen Moment. »Es wäre mir so wichtig«, setzte er schwach hinterher.

»Nicht wenn du Schule hast, Grant.« Ihre Stimme klang wieder normal. Offenbar war die Predigt beendet. »Und auch nicht abends. Ich möchte einfach nicht, dass du abends allein mit dem Bus herumfährst.«

»Aber samstags. Ich könnte doch samstags fahren.«

»Willst du wirklich deine Wochenenden im Heim verbringen?«, fragte sie verblüfft. »Was um Himmels willen willst du denn da tun?«

Er zuckte mit den Schultern. »Mit ihm reden und einfach bei ihm sein. Oder herausfinden, wer ihm Blumen schickt.« Fast wie einen Beweis zog Grant die Karte aus seiner Hosentasche und gab sie ihr.

»Ich werde mit deinem Vater darüber sprechen. Wasch dir jetzt die Hände zum Abendessen.«

»Der Aufstand der Boston Tea Party war aus demokratischer Sicht gerechtfertigt, da Großbritannien ohnehin Steuern von den Auswanderern bezog und darüber hinaus den Teehandel monopolisieren wollte. Die Boston Tea Party ...«

Ein Klopfen an der Tür unterbrach das sanfte Klicken der Computertastatur und ließ Grants Finger darüber erstarren. So klopfte nur sein Vater. Man erkannte es an dem ungeduldigen Rhythmus.

» ... war eines jener Ereignisse, die zum ersten Amerikanischen Kongress der zwölf Teilstaaten führten.«

»Mein Sohn?« Die Stimme seines Vaters klang durch die Tür. Er hatte es nicht geschafft, vor dem Abendessen zu Hause zu sein, daher hatte Grant das »Gespräch« noch weit von sich geschoben.

»Komm rein«, antwortete Grant. »Wenn's sein muss«, fügte er leise hinzu, während er weitertippte.

»Trotz der Gefahr, verhaftet und ins Gefängnis geworfen zu werden, setzten sich die Aufständischen für ihre demokratischen Ziele ein.«

Wenn er mich jetzt wieder fragt, ob ich heute ein Champion war, haue ich ihm eine rein.

Sein Vater stellte sich hinter ihn und las über seine Schulter hinweg die Schrift auf dem Monitor.

»In diesem Fall war der Verstoß gegen die Gesetze kein krimineller Akt, sondern eine Frage der Zivilcourage.«

»Die Boston Tea Party«, sagte sein Vater. »Guck mal an! Gesetzesüberschreitungen, Plünderung, Diebstahl, Eigentumsbeschädigung. Mich würde wirklich mal interessieren, was die Kaufleute und Farmer in England, die ihre gesamten Ersparnisse in den Teehandel investiert hatten, von deiner Meinung halten würden, dass diese Leute Helden waren.«

Es war nervig. Er vertrat immer die andere Seite.

Grant drehte sich auf seinem Klavierstuhl um und sah ihn an. »Es gibt immer zwei Seiten bei einer Sache, Pa.«

Sein Vater suchte nach einem Platz, um sich zu setzen;

wahrscheinlich, um die Spannung ein wenig zu mildern, aber Grant machte keine Anstalten, die Zeitschriften und Trainingsklamotten von seinem Bett zu räumen.

»Hör zu, Grant. Deine Mutter hat mir gesagt, dass sie dir heute schon genügend ins Gewissen geredet hat.« Er hatte keinen Platz gefunden, um sich zu setzen, daher sprach er im Stehen. »Und sie hat mich auch darüber informiert, dass sie in der Schule anrufen wird. Ich bin damit vollkommen einverstanden. So ein dunkler Fleck würde sich auf deinem Zeugnis sehr schlecht machen.«

Moment mal, dachte Grant, das war aber nicht der Grund, warum seine Mutter anrufen wollte. Sie tat es einfach aus Solidarität. Jetzt zu behaupten, dass es nur dazu diente, sein Zeugnis zu retten, klang einfach billig und unwürdig. Aber Grant protestierte nicht. Sein Vater würde ihn sowieso nicht verstehen.

»Du musst deiner Mutter ja nichts davon sagen, aber jetzt mal von Mann zu Mann, Grant: Ich weiß, warum du das getan hast.«

Panik! Wusste sein Vater etwa den wirklichen Grund, warum Grant Großvater besucht hatte?

»Natürlich, Jungs schwänzen nun mal die Schule, das ist doch klar.« Sein Vater klopfte ihm fest auf den Rücken und Grant stieß den Atem aus, von dem er noch nicht mal gewusst hatte, dass er ihn angehalten hatte. »Ich hab ja auch ein- oder zweimal die Schule geschwänzt. Das muss man tun, um nicht als Streber zu gelten und bei den Freunden anzukommen. Ich weiß das gut.«

Er dachte also ernsthaft, dass sein Sohn blaugemacht und mit dem Bus quer durch die Stadt zu einem Altenheim gegondelt war, nur um seine Freunde zu beeindrucken! Von welchem Planeten kam der eigentlich?

Grants Vater beugte sich zu seinem Sohn und senkte die

Stimme. »Allerdings hast du dabei einen Fehler gemacht. Du musst das System austricksen, um dein Fehlen zu vertuschen.«

Grant hörte genau zu. Er wollte sich kein Wort dieses dämlichen Geschwätzes entgehen lassen.

»Zum Beispiel kannst du nach einem Termin beim Kieferorthopäden einfach wegbleiben. Eine ordentliche Entschuldigung liegt ja schon vor, also wird es kein Mensch an der Schule bemerken. Ich meine, ich kenne das System ja nicht; aber ich bin sicher, dass du clever genug bist, es auszutricksen. Also, sei ein guter Schüler und ein vernünftiger Junge und versuch's nicht zu oft.« Sein Vater richtete sich auf und klopfte ihm wieder auf den Rücken. »Man kann eine Menge erreichen, wenn man das Vertrauen der Leute besitzt.«

Es war unglaublich! »Das Gespräch« hatte nur zum Ziel gehabt, ihm eine Nachhilfestunde im Schuleschwänzen zu geben!

»Und was die Fahrt mit dem Bus betrifft: Ich finde, du hast viel Tapferkeit bewiesen, indem du allein zu Großvater und zurück gefahren bist.«

Tapferkeit! Was für ein idiotisches Wort! Jetzt war es einfach zuviel! Ein Grinsen machte sich auf Grants Gesicht breit und er musste sich umdrehen, damit sein Vater es nicht sah. Er tat einfach so, als wollte er sich wieder mit seinem Referat beschäftigen.

Dabei war es schon zu spät. Sein Vater hatte das Grinsen bemerkt und war gegangen.

5

Die ganze Mannschaft schwamm Lockerungs-Bahnen, zwanzig Stück, in geruhsamen Tempo. Grant verfolgte durch seine Schwimmbrille den Verlauf der schwarzen Streifen unter ihm, und versuchte, genau über einem zu bleiben. Diese schwarzen Streifen waren seine ständigen Begleiter.

Es gab eine ganze Menge, was Grant am Schwimmen Spaß machte. Das eine war das angenehme Gefühl, wenn sein Körper durch das Wasser glitt und ein Wasser-Molekül vom anderen trennte.

Ein anderer Grund war, dass er einfach ein guter Schwimmer war. Zwar nicht Spitzenklasse, also kein Olympia-Kandidat und auch nicht Städtischer Meister, aber trotzdem gut und deswegen einer der drei Vierzehnjährigen, die schon mit den Fünfzehnjährigen und Älteren trainierten.

Das Becken war eine Welt für sich. Jahreszeiten, Wetter, Tageszeit, das alles spielte hier keine Rolle. Sogar wenn etwas Außergewöhnliches passierte, wenn zum Beispiel der Präsident erschossen wurde, änderte sich nichts. Es blieben immer dieselben Farben, Türkis und Schwarz, und dasselbe Spritzen und Platschen, wenn die Schwimmer von den Blöcken sprangen und ins Wasser tauchten. Sogar wenn man die dicke, schwüle Luft atmete, war es, als wenn man Wasser atmete, als wäre man wirklich ein Fisch.

Grant mochte auch diese Regelmäßigkeit: Seine Hände tauchten im ewig gleichen Winkel ins Wasser, während seine Beine gleichmäßig strampelten. Sogar das Atmen unterlag diesem System und hing nicht davon ab, wann er Luft holen wollte. Damit war sein Kopf frei zum Nachdenken.

Grant glitt der Wand entgegen. Bevor er sie berührte, tauchte er, schwang in einer schnellen Rolle die Beine über seinen Kopf und schoss in die andere Richtung. Indem er den Schwung noch ausnutzte, begann er schon wieder leicht mit den Füßen zu schlagen, während seine Arme noch am Körper ruhten, bis das letzte bisschen Schub der Wende verebbte. Er ließ sich seine Entscheidung noch einmal durch den Kopf gehen.

Zuerst wollte er sich alles genau überlegen. Bis dahin sagte er weder ja noch nein. Er wollte einfach darüber nachdenken. Vor allem sollte er sich selbst gegenüber einmal aussprechen, worum es eigentlich ging. Gut, das konnte er.

Die Bücher, in denen er in der Bibliothek nachgeschlagen hatte, führten dazu eine ganze Reihe Namen auf. »Euthanasie« lautete die Bezeichnung dafür, jemand nach einer qualvollen Krankheit oder körperlichem Leiden ohne Schmerz zu töten. Aber was war, wenn es sich um ein seelisches Leiden handelte? »Herbeiführung des Todes durch ärztliche Mittel« stand noch als Erklärung dabei. Aber ärztliche Mittel waren ja genau das, was Großvater vermeiden wollte. »Tötung auf Verlangen« war ein weiterer Begriff. Aber Tötung klang irgendwie brutal. »Selbstbestimmtes Sterben« brachte wiederum ein anderes Problem mit sich. Denn wenn man voraussetzt, dass man über sein Leben selbst bestimmen kann, was gibt es dann über das Sterben noch zu diskutieren? »Beihilfe zum Selbstmord« klang noch einigermaßen neutral. Allerdings war »Selbstmord« natürlich auch wieder ein negativer Begriff.

Grant entschied sich gegen alle diese Begriffe. Für ihn ging es um drei ganz einfache Wörter, die man nicht nachschlagen musste: Großvater sterben helfen.

Tauchen, wenden, abstoßen. Und weiter.

Wenn er aber wirklich entschlossen war, auch die entlegenste Möglichkeit zu nutzen, um seinem Großvater zu helfen, musste er sich dazu zwingen, über das »Wie« nachzudenken. Ansonsten könnte er ja gar nicht, »Wenn« es soweit wäre. Über einige Methoden hatte Grant in den Büchern schon etwas gelesen. Sich darüber Gedanken zu machen, war sicher der schwierigste Teil der Aufgabe. Allerdings – vielleicht kam es ja auch gar nicht soweit, wenn er sich sowieso dagegen entschied? Diese Frage hatte also noch Zeit.

Tauchen, drehen, abstoßen. Und weiter.

Eines war ihm jedenfalls klar: Er durfte mit niemand darüber sprechen. Zwischendurch hatte er schon mal mit dem Gedanken gespielt, seine Mutter einzuweihen. Er hätte sie ja schwören lassen können, es auf keinen Fall seinem Vater zu sagen – so wie sie auch immer die Leute auf die Bibel schwören ließ. Aber sie hätte ihm sowieso nicht helfen können, selbst wenn sie persönlich fand, dass es richtig war. Es blieb eben illegal. Und wenn er erwischt würde, gäbe es sicher Schlagzeilen in den Zeitungen; dicke, fette, schwarze Schlagzeilen, die ihr schaden würden. Und sie sollte wenigstens ehrlich sagen können, dass sie von all dem nichts gewusst hatte.

Tauchen, wenden, abstoßen. Und weiter.

Grant wünschte, wenigstens Avery davon erzählen zu können. Sie waren dem Thema ein paar Mal schon ziemlich nahe gekommen. Aber was war, wenn Avery es wieder jemand anderem erzählte? Wenn er sich einfach nicht beherrschen konnte? Das Ganze würde völlig außer Kontrolle geraten. Und selbst wenn Grant gar nichts mehr tun musste und Großvater von selbst starb – wenn irgendjemand herausbekam, um was Großvater ihn gebeten hatte, wäre er ewig verdächtig. Nein, nein, Großvater hatte schon Recht. Es musste ein Geheimnis bleiben.

Tauchen, wenden, abstoßen. Und weiter.

Eben weil es ein Geheimnis bleiben sollte, hatte Großvater ja auch auf die Willenserklärung verzichtet. Darüber hatte Grant ebenfalls in den Büchern gelesen. So eine Willenserklärung verpflichtete die Ärzte, die Maschinen abzuschalten, die den Menschen am Leben erhielten, oder die künstliche Ernährung abzusetzen. Großvater hatte also auch in diesem Punkt Recht gehabt, denn was hätte Grants Vater dieses offizielle Papier schon bedeutet?

Tauchen, wenden, abstoßen. Und weiter.

Abgesehen von allem anderen gab es aber vor allem eins, worum Grant sich ab sofort kümmern musste: um Großvater, denn die anderen hatten ihn längst abgeschrieben. Er musste jetzt seine Familie ersetzen, jeden Samstagvormittag, falls seine Eltern es erlaubten. Und sie mussten es ihm einfach erlauben. Er wollte die Vorhänge an Großvaters Fenster öffnen und die Sonne hereinscheinen lassen; er wollte ihm vorlesen oder im Radio den Sender suchen, den Großvater am liebsten hörte.

Tauchen, wenden, abstoßen. Und weiter.

Und über noch etwas war Grant sich klargeworden: Es gab keinen Grund zur Eile. Das war besonders wichtig. Er durfte nichts überstürzen. Je nachdem, wie lange er wartete, würde Großvater vielleicht sowieso von selbst sterben. Es klang zwar makaber, aber so war es nun mal. Und er wünschte innig, dass Großvater sterben würde. Zum Beispiel heute, heute Nachmittag. Das wäre für alle das Beste.

Grant stützte seine Arme auf den Beckenrand und schwang sich mit einer geübten und schnellen Bewegung aus dem Wasser. Während er sich aufrichtete, zog er an seiner Badehose, sodass ein wenig Wasser herausfloss. Dann klebte sich der Stoff wieder an seine Bauchmuskeln und seine Pobacken. Er zog seine Schwimmbrille auf den Hals herab und blinzelte mit den Augen. Durch das Chlor entstand immer ein leicht entzündeter Rand um sie herum, so wie der Hof um den Mond. Grant beugte sich seitlich vornüber und schüttelte mit kurzen, ruckartigen Bewegungen den Kopf, bis das Wasser aus dem unteren Ohr herauslief. Dann schüttelte er den Kopf zur anderen Seite.

Das Training war beendet und der Trainer hatte wegen der versäumten Stunde gestern nichts gesagt. Grant hatte schon fast aufgehört, sich deswegen Gedanken zu machen. Doch dann hörte er die schrille Pfeife des Trainers, deren Ton von den kahlen Wänden zurückgeworfen wurde. Noch immer vornüber gebeugt und in Erwartung des Schlimmsten, versuchte Grant durch seine Beine hindurch zu sehen, wem der Pfiff galt. Sein Blick begegnete auf der gegenüberliegenden Seite des Beckens den Augen des Trainers, die auf Grant gerichtet waren. Plötzlich fühlte Grant sich ziemlich bescheuert.

Er richtete sich langsam auf, zeigte auf seine Brust und hob seine Schultern zu einem fragenden »Ich?«. Der Trainer zog den Stift hinter seinem Ohr hervor und deutete damit auf sein Büro.

Das Büro bestand aus einem Glaskasten, von dem aus der Trainer das Becken beobachten konnte. Für einen weiteren Stuhl gab es keinen Platz, daher musste Grant stehen. Normalerweise kümmerten sich die älteren Jungen nicht viel um ihn, aber heute warfen ihm einige teilnahmsvolle Blicke zu, als sie zu den Umkleideräumen liefen.

Der Ventilator an der Decke produzierte kalte Luft. Um sich zu wärmen schlang Grant die Arme um seinen nackten Oberkörper und hüpfte von einem Fuß auf den anderen. Vielleicht tat er das aber auch, um seine Nerven zu beruhigen.

Der Trainer hatte es nicht eilig. Grant konnte ihm zusehen, wie er die Seile kontrollierte und dem Wasser Chemikalien beigab. Als er endlich ins Büro kam, war Grant fast trocken und zitterte deutlich.

»Hughes!«, blaffte der Trainer und knallte sein Klemmbrett auf den Schreibtisch. Er war ein Bolzen von einem Mann – klein und stark. Er trug eine Turnhose, Leinenschuhe und ein Sweatshirt der städtischen Schwimmmannschaft, dessen Ärmel ausgeleiert waren und das auf der Brust große weiße Flecken vom Chlor davongetragen hatte. Zu spaßen war mit ihm nicht, aber er war ein guter Trainer. Die Mannschaft war amtierender Bundesjugendmeister und eine Reihe der älteren Schwimmer stiegen nach dem Schulabschluss in die Mannschaften der Universitäten auf.

»Ja, Sir!«, antwortete Grant und fixierte den gelben Stift hinter dem Ohr des Trainers. Er war pfeilspitz.

»Was war gestern los, Hughes? Ich kann mich schwach erinnern, dass wir gestern Training hatten.«

»Ja, Sir!«

»Gestern war doch Mittwoch, nicht wahr, Hughes?«

»Ja, Sir!«

»Und mittwochs haben wir Training, oder, Hughes?«

»Ja, Sir!«

»Meistens mittwochs oder jeden Mittwoch, Hughes?«

»Jeden Mittwoch, Sir.«

»Aha. Soweit wären wir also schon mal. Weißt du, gestern hatte ich irgendwie das Gefühl, dass ein Schwimmer aus der Mannschaft fehlte. Aber dann habe ich gedacht, vielleicht liegt es ja nur an mir, dass ich langsam auf meine alten Tage ein bisschen durcheinander komme. Was meinst du, Hughes?«

»Ja, Sir ... äh, ich meine natürlich nein, Sir!«

»Mag ja sein, dass es mich nichts angeht, Hughes, aber kann es Gründe geben, die einen Schwimmer daran hindern, zum Training zu kommen? Zu einem speziellen Training, oder genauer gesagt zum gestrigen Training? Also, Hughes?«

»Ich habe meinen Großvater besucht, Sir.«

Grant merkte, dass der Trainer ihn überrascht ansah, aber er heftete seinen Blick weiter auf den gelben Bleistift.

»Hughes, gab es einen bestimmten Grund dafür, warum du ausgerechnet gestern zwischen vier und sechs Uhr deinen Großvater besuchen musstest?«

Klang seine Stimme jetzt ein wenig weicher? Oder wünschte Grant nur, dass sie weicher klang?

»Es hat sich wohl um einen Notfall gehandelt.«

»Nein, Sir.«

»Wahrscheinlich ist dein Großvater heute Morgen in die Äußere Mongolei abgereist und das war die letzte Gelegenheit, ihn zu sehen. War es so, Hughes?«

»Nein, Sir.«

»Was war es denn, Hughes? Du kannst es mir sagen, ich bin hier, um dir zuzuhören. Ich werde sogar versuchen, deine Erklärung zu akzeptieren. Wenn es wirklich ein Notfall war. Aber sag mir endlich einen Grund, Hughes!«

»Es war kein Notfall, Sir. Es ging nur um eine Familienangelegenheit.«

»Kannst du mir erklären, warum du dich für diese Familienangelegenheit nicht abmelden konntest? Warum deine Eltern nicht einfach angerufen und dich entschuldigt haben?«

»Nein, jedenfalls nicht ganz. Aber meine Eltern hätten mich vielleicht entschuldigt, wenn sie selbst gewusst hätten, dass ich zu meinem Großvater gefahren bin.«

Der Trainer schwieg einen Moment, dann betrachtete er das Klemmbrett, auf dem eine Reihe von Namen, Zahlen und Veranstaltungen standen.

»Ich kann mich erinnern, dass ich mit dir über die gemischte vierhundert Meter Staffel Freistil gesprochen habe und darüber, dass wir Fitzgerald gegen dich austauschen. Erinnerst du dich, Hughes?«

»Ja, Sir.« Die anderen Jungen der gemischten Staffel gingen schon auf die Highschool. Es war ein offener Wettbewerb, was bedeutete, dass es keine Alterseinteilungen gab, und es war das erste Mal, dass Grant ein Platz in einer älteren und schnelleren Mannschaft angeboten worden war.

»Ich glaube, für eine Staffel braucht man Leute mit Teamgeist, nicht wahr? Was meinst du, Hughes?«

»Ja, Sir.«

»Vielleicht sollte ich letztlich doch besser Fitzgerald mit hineinnehmen.«

»Ja, Sir.«

»Okay, Hughes, du bist entschuldigt. Zieh dich jetzt an.«

Grant wollte gehen. Dabei rutschte er über den feuchten Boden und fiel fast hin.

»Und noch etwas, Grant«, hielt ihn der Trainer an der Tür zurück. Seine Stimme klang jetzt tatsächlich sanfter. »Das heißt nicht unbedingt, dass es falsch war, deinen Großvater zu besuchen. Vielleicht war es sogar richtig, ich weiß es nicht, ich kenne die Umstände nicht. Aber du musst lernen, dass du auch für etwas Gutes möglicherweise die Konsequenzen tragen musst.«

6

Am Samstagmorgen um zehn Uhr schob Grant im Bürogebäude von Brakemann, Nash & Hughes sein Fahrrad aus dem Aufzug. Über die Fahrten mit dem Bus zu Großvater hatten seine Eltern kein Wort mehr verloren und Grant erschien es im Augenblick besser, das Thema nicht weiter zu vertiefen. Allerdings brauchten sie sich dann auch nicht beschweren, wenn er jetzt hier auftauchte.

Evelyn erwartete ihn im dreiundzwanzigsten Stockwerk. Auf diesem Flur befand sich die Fachbibliothek der Firma, eingequetscht zwischen drei Stockwerken Büros darüber und darunter. Grant rechnete eigentlich nicht damit, dass er viel Hilfe brauchen würde. Er kannte sich mit Bibliotheken ganz gut aus. Was viel wichtiger war, war die Erlaubnis, sich hier aufhalten zu dürfen. Sein Vater war auswärts unterwegs, was ihm entgegenkam, um ihn nicht fragen zu müssen. Und Evelyn hatte gesagt, falls jemand ihn fragte, sollte er einfach sagen, dass er Hughes Sohn war.

Da es Samstagvormittag war, hatte Grant erwartet, allein

in der Bibliothek zu sein. Er war darum ziemlich überrascht, dass eine ganze Reihe junger Leute aufsah, als er sein Fahrrad in die Bibliothek schob. So selbstsicher wie möglich klappte er den Ständer herunter, setzte sich in einen der Ledersessel und wartete auf Evelyn.

Erst als sich die Köpfe wieder über ihre Arbeit beugten, wagte Grant einen weiteren Blick in den Raum, dessen Wände über und über mit Büchern bedeckt waren. Hölzerne Leitern auf Gleitschienen ragten an ihnen in die Höhe. Und auf den großen Tischen mit den grün beschirmten Bankierslampen lag vor jedem Platz ein Notizblock und ein frisch gespitzter Bleistift.

Er zog aus dem Regal hinter sich ein Buch hervor und blätterte darin herum. Kommentare. Bestand das ganze Buch etwa nur aus Kommentaren? Zu was konnte es denn so viele Kommentare geben? Und wie sollte man darin den richtigen Kommentar finden, der mit der eigenen Meinung übereinstimmte? Vielleicht war er doch ein bisschen voreilig gewesen, als er allzu viel Hilfe ablehnte.

»Na, Junge, du hast dir ja schon einen Platz gesucht.«

Grant schlug das große Buch zu und sah Evelyn überrascht an. Samstagmorgens trug sie wohl ihre Freizeitkleidung – ein gestrickter Hosenanzug, in Grau! Anscheinend erweiterte sie allmählich ihre Farbpalette.

»Wobei soll ich dir denn seigentlich helfen?«, fragte sie und drückte die Zigarette in dem Aschenbecher aus, den sie mitgebracht hatte.

»Tja also, es geht um eine Hausarbeit. Um ein Referat für den Ethik-Unterricht. Über Euthanasie, also wenn kranke oder alte Leute ...«

»Ich weiß, was Euthanasie ist.«

»Ah ja, gut. Also, ich soll das Gesetz dazu erörtern. Ich weiß, besonders schwierig hört sich das nicht gerade an, eine

Erörterung. Aber meine Lehrerin steht nun mal auf Erörterungen. Erörterungen sind sozusagen ihr Leben und die Hälfte des Schuljahres ...«

»Komm zur Sache, Junge.« Evelyn verschränkte die Arme vor der Brust und sah ihn über den Rand ihrer Lesebrille an, die immer wieder langsam ihre Nase herunterrutschte. Einige Köpfe hatten sich wieder gehoben. Die Leute hörten zu und grinsten, davon war Grant fest überzeugt.

»Kurz und gut, ich muss mir für die Erörterung den Originaltext des Gesetzes des Staates Oklahoma zur Sterbehilfe ansehen.«

Es war das erste Mal überhaupt, dass er die Wörter »Euthanasie« und »Sterbehilfe« ausgesprochen hatte. Es war auch das erste Mal, dass er nicht die Wahrheit, sondern eine echte Lüge gesagt hatte. Und sie war ihm leichter gefallen, als er erwartet hatte.

»Pffffh!«, schnaufte Evelyn und ihr Busen hob und senkte sich. »Mir scheint, das wird eine ziemlich kurze Erörterung. Komm mal mit.«

Grant folgte ihr zum Computer. Sie hämmerte einen Suchbefehl ein. Dann lasen sie, jeder für sich, den kurzen Paragraphen.

»Wer sich der Tötung auf Verlangen schuldig macht, wird mit Gefängnis nicht unter sieben (7) Jahren bestraft.«

Evelyn drückte die Escape-Taste und über den Monitor flimmerte wieder der Bildschirmschutz. »Genau was ich mir gedacht habe. Es ist eine Straftat und keine Rechtfertigung.«

»Keine Rechtfertigung für was?«

»Keine Rechtfertigung für einen Mord.«

Grant musste plötzlich schlucken. »Oh. Ach ja. Also gut, dann sollte ich mir vielleicht auch mal ... ich meine, nur für die Erörterung ... mal den Strafkatalog ansehen ... der auf ... äh, auf Mord steht.« Himmel! Mord war doch ein ... ein Verbrechen. Ein schreckliches, ungeheuerliches Verbrechen einem anderen Menschen gegenüber. Aber doch nicht etwas, worum man gebeten wurde. Als einen Gefallen! Warum machte das Gesetz da denn keinen Unterschied?

Evelyn zog aus einem der Regale zwei in grünes Leder gebundene Bücher, auf deren Rücken in goldenen Buchstaben geprägt stand: Richtlinien für die Strafverfolgung in Oklahoma. Sie schob die Bücher über den Tisch und wandte sich dann ab. »Sieh das mal schön selbst nach. Deine Erörterungs-Fanatikerin wäre sicher nicht begeistert, wenn sie wüsste, dass ich dir die ganze Arbeit abnehme. Und stell die Bücher nachher wieder zurück ins Regal!«, rief sie ihm von der Tür aus noch über die Schulter zu.

Es dauerte eine ganze Weile, aber schließlich fand Grant doch, was er gesucht hatte.

»Eine Person macht sich des Mordes schuldig, wenn sie unrechtmäßig und vorsätzlich den Tod eines anderen Menschen herbeiführt.« Grants Magen begann zu rebellieren. Aber er zwang sich trotzdem weiterzulesen. »Eine Person, die des Mordes für schuldig befunden wird, wird zum Tode verurteilt, zu lebenslänglicher Haft ohne Widerruf oder zu lebenslänglicher Haft.« Grants Hände wurden feucht. Er wischte sie an seinem Sweatshirt ab und las die Kommentare, die dem Paragraphen folgten: »Bei einer Verhandlung zum Tatbestand des Mordes wies das Gericht die Geschworenen eigens darauf hin, ihre Entscheidung nicht durch Mitleid beeinflussen zu lassen ...« Das reichte ihm schon.

Allerdings war er ja noch nicht volljährig. Vielleicht machte das ja einen Unterschied. Er stellte die Bücher zurück ins Regal und sah sich nach jemand um, den er fragen konnte.

»Entschuldigen Sie bitte«, wandte er sich an eine junge Frau, die hinter etwa hundert Büchern und einem Six-Pack Coladosen saß.

»Ja bitte?«

Puh, war die hübsch! Sie war bestimmt nicht älter als fünfundzwanzig und sie trug Jeans und einen engen Pulli. Grant hatte gar nicht gewusst, dass es so hübsche Juristinnen gab. Vielleicht sollte er sich noch mal überlegen, ob er nicht doch Jura studieren wollte.

Jetzt setzte auch er sein charmantestes Lächeln auf. Dass das zog, wusste er. Nur ob es bei anderen Frauen genauso zog wie bei seiner Mutter, musste er erst noch herausfinden.

»Ich muss gerade für die Schule etwas nachschlagen und ich habe auch schon gefunden, was ich gesucht habe. Aber ich habe eine Frage – eine juristische Frage – und ich habe gedacht, Sie könnten mir vielleicht helfen.«

»Jedenfalls kann ich es versuchen.« Sie drehte ihren Stuhl zu ihm um und zog ihre nackten Füße herauf, sodass sie ihm im Schneidersitz gegenübersaß. Ihre Zehennägel waren knallrot lackiert. Er verlor fast die Besinnung. Die waren so ... na, eben so rot!

»Schieß los«, sagte sie.

»Also ... ich möchte wissen ...« Er zog den Satz künstlich in die Länge, starrte auf die Bücher in seiner Hand und betete, dass ihm wieder einfiel, warum er eigentlich hier stand. Ach ja! Jetzt wusste er es wieder. »Ich möchte wissen, was passiert, wenn in Oklahoma ein Jugendlicher ein Verbrechen begeht. Und ob es einen Unterschied macht, wenn er es zugibt.«

»Ja, möglicherweise. Wenn es ein Jugendlicher unter achtzehn Jahren ist, kann er vor das Jugendgericht gestellt werden.«

»Er kommt dann also nicht ins Gefängnis oder so?«

»Doch, das kann trotzdem passieren. Es kommt auf die Umstände des Verbrechens an. Nehmen wir mal einen Mord, weil du gerade mit Evelyn darüber gesprochen hast. Wenn bei einer solchen Anklage dem Gericht nicht bewiesen werden kann, dass die Tat nach dem Jugendstrafrecht verhandelt werden muss, kann auf den jugendlichen Angeklagten dasselbe Strafrecht wie für einen Erwachsenen angewendet werden, selbst wenn er erst dreizehn Jahre alt ist.«

Grant nickte. Aber bedanken konnte er sich für diese Auskunft einfach nicht. »Und was ist, wenn man mit derselben Tat zwei Verbrechen gleichzeitig verübt? Eines mit einer höheren und eins mit einer niedrigeren Strafe? Für welche wird man dann verurteilt?«

»Nur für die eine oder für die andere. Für welche, das entscheidet der Richter.«

Grant lächelte schwach. »So hatte ich mir das auch gedacht.«

»Ach ja? Wer bist du denn eigentlich?«

»Ich bin der Sohn von William Hughes. Kennen Sie den vielleicht?«

Sie lachte. »Wie soll man ihn denn nicht kennen? Er ist ein toller Typ. Und ein hervorragender Anwalt. Ich hoffe, ich kann später mal mit ihm zusammenarbeiten.«

Sie griff nach einer Dose Cola und bot sie Grant an. Als er ablehnte, öffnete sie sie für sich selbst.

»Dann alles Gute für deine Erörterung. Ich hatte auch mal so eine Lehrerin. Aber die gab noch Pluspunkte für jedes Semikolon. Ich habe mal eine fünf Seiten lange Erörterung geschrieben und keinen einzigen Punkt gemacht, außer am Ende natürlich. Ansonsten nur Semikola. Ich hätte eine Eins bekommen müssen, habe ich aber nicht. Weißt du, warum?«

Grant hatte keine Ahnung.

»Weil sie mir für jeden fehlenden Absatz zehn Punkte abgezogen hat.«

Grant musste lachen. Sie war einfach total nett. Und auf einmal bekam er wegen der vielen Lügen ein ganz schlechtes Gewissen.

Der Aufzug sauste abwärts, aber sein Magen blieb oben. Jetzt begannen die Lügen ja erst! Wenn er es sich recht überlegte, würde die ganze Sache eine einzige große Lüge werden. Allerdings eine stumme Lüge. Sein Großvater würde sterben und nur Grant würde wissen, warum. Die anderen mussten annehmen, dass es einfach so passiert war und Grant würde sie für den Rest seines Lebens in diesem Glauben lassen.

Dort, wo früher die Garage gestanden hatte, dribbelte Grant jetzt den Basketball über den rissigen Zementboden.

Averys Eltern sahen den Jungen von der Hollywoodschaukel aus zu. Grant hatte bemerkt, dass Averys Mutter ihren Fuß um den Knöchel ihres Mannes geschlungen hatte. Mit ihrem einen gemeinsamen Bein schoben sie die Schaukel sanft an.

Dieser Samstag war fast schon vergangen, ohne dass Grants Mutter ein Wort wegen der Busfahrt zum Heim verloren hatte.

Grant dribbelte und japste nach Luft. »Sie werden einfach sagen ... dass ich viel zu jung bin ... Das weiß ich jetzt schon ...«

Avery sah ihn kaum an, war wahrscheinlich von dem Mann-gegen-Mann-Spiel schon erschöpft. »Zu jung ... um mit ... so einem blöden Bus ... zu fahren?«

»Das werden sie ... jedenfalls sagen.« Er passte zu Avery hinüber. »Darauf kannst du wetten.«

»Dann fragt sich nur«, Avery passte zurück, »wie du ihnen klarmachen kannst, dass du nicht mehr zu jung dazu bist.«

Grant hielt den Ball fest. »Ich werde ihnen sagen ...« Er setzte zum Wurf an, aber er misslang ihm. Der Ball prallte ab und rollte ins Gras.

Grant drückte seinen Rücken gerade, stemmte die Hände in die Hüften und sah Avery fest an. »Ich werde ihnen sagen, dass mein Großvater zwölf Jahre alt war, als mein Urgroßvater starb. Mit dreizehn hat er die Schule verlassen und begonnen, auf der Ranch zu arbeiten, damit seine Schwester zur Schule gehen konnte. Mit neunzehn ist er im Bauch eines Flugzeugs als Heckschütze in den Krieg nach Europa geflogen. Ein Jahr später haben sie ihm fast den Arsch abgeschossen. Dann ist er nach Hause gekommen und hat Großmutter geheiratet und eine Familie gegründet. War er für das alles nicht auch zu jung? Was heißt denn überhaupt zu jung? Die Jahre haben mit dem Alter doch gar nichts zu tun.« Das hatte auch in Großvaters Brief gestanden.

Das wohlbekannte ungeduldige Klopfen übertönte die Musik. Grant schlug die neueste Ausgabe von Sky & Telescope zu und warf einen Blick auf die Uhr, deren Ziffern gerade in diesem Moment auf Mitternacht sprangen. Grant hatte gedacht, sein Vater bliebe noch in Dallas. Aber er hatte wohl das frühere Flugzeug zurück genommen.

»Herein«, rief Grant.

Sein Vater sah erschöpft aus. Die Krawatte hing lose um seinen Hals, während er den obersten Knopf seines Hemdes öffnete.

Vielleicht war jetzt der richtige Zeitpunkt, um noch einmal auf die Fahrten mit dem Bus zu sprechen zu kommen. Grant schaltete den CD-Player aus. Es war wohl in seinem eigenen Interesse, wenn er sich jetzt ordentlich benahm.

Sein Vater warf seinen Mantel auf den Haufen schmutziger Klamotten, die über das Bett verteilt lagen.

Grant erinnerte sich gut an die seltsame Spannung, die beim letzten Besuch seines Vaters geherrscht hatte. Er sprang vom Klavierstuhl und bot seinem Vater den Platz an. Aber der bedeutete ihm mit der Hand, sich wieder zu setzen.

»Das hier ist jetzt genau das Richtige für mich.« Er zog einen alten Sitzsack aus der Ecke. »In so etwas habe ich schon seit Jahren nicht mehr gesessen.«

Grant konnte sich nicht vorstellen, wann er überhaupt jemals in so einem Ding gesessen haben könnte.

Sein Vater ließ sich in das grüne Kunststoffteil fallen, sodass es ein puffendes Geräusch von sich gab. Seine Knie befanden sich jetzt ungefähr auf der gleichen Höhe wie sein Kopf. Das sah ziemlich lächerlich aus – wie ein Frosch auf einem Seerosenblatt. Ein Geschöpf, das aus Schenkeln und Waden bestand. Es war schon ziemlich ungewöhnlich, dass William Henry Hughes, der Inhaber der Kanzlei Nash, Brakeman & Hughes auch einmal lächerlich aussehen konnte. Und Grant mochte ihn so fast lieber. Irgendwie wirkte er dadurch anders. Ein bisschen weniger wie ein Anwalt, dafür etwas mehr wie sein Pa.

»Vielleicht sollte ich ein paar von diesen Dingern fürs Büro kaufen«, sagte er und klopfte auf das seitlich hochgebauschte Polster. »Die gibt's doch sicher auch mit Nadelstreifen – für Anwälte. Oder nicht?«

Zuerst dachte Grant, sein Vater meinte das ernst. Aber dann erkannte er an seinem müden Lächeln, dass er einen Witz reißen wollte. Der Witz war zwar ein bisschen lahm, aber trotzdem wurde Grant dadurch plötzlich klar, dass sein Vater sich um ihn bemühte.

»Doch, bestimmt, Pa.« Grant setzte sich wieder auf seinen Klavierstuhl und gestattete sich, zurückzulächeln. Dann erwartete er mit um das Gewinde des Drehstuhls geklammerten Füßen die Verlautbarungen seines Vaters zu den Busfahrten.

Stattdessen verrenkte sich sein Pa fast den Kopf, um sich im Zimmer umzusehen, und dabei das Teleskop und die Sternenkarte an der Decke nicht außer Acht zu lassen.

Endlich begann er zu sprechen. Seine Stimme klang, als spräche er von sehr weit her und Grant konnte kaum feststellen, ob er mit ihm oder mit sich selbst sprach. »Was ist eigentlich aus dem Schaukelpferd geworden und aus der Feuerwehrauto-Sammlung?«

Meinte er das etwa ernst? Jedenfalls klang es so.

Seine Augen wanderten zu Grant und blickten ihn fest an. Grant erwiderte seinen Blick, während er sich seine Argumente ins Gedächtnis rief und sich zugleich vornahm, höflich zu bleiben.

Sein Vater richtete sich in seinem Sitzsack auf und guckte woanders hin. »Also, Grant«, begann er. »Ich bin zu dir gekommen, um dir zu sagen, dass ...«

Jetzt kam's. Vielleicht sollte Grant ihn unterbrechen, reingrätschen, bevor das Verbot ausgesprochen und damit gültig wurde.

»Dass ... also ... es freut mich ...«

Grant bemerkte das Zittern in seiner Stimme und es überraschte ihn. Er hatte seinen Vater schon vor dem höchsten Gericht der USA debattieren gehört. Und er hatte erlebt, wie sein Vater bei einer Live-Diskussion im Fernsehen höchst komplizierte Fragen beantwortet hatte. Aber nervös oder nach Worten suchend, kannte er seinen Vater überhaupt nicht.

»Was ich sagen will, ist dass ...«

Worum ging es denn jetzt? Anscheinend überhaupt nicht um das, was Grant erwartet hatte.

Sein Vater fischte ein Stofftaschentuch aus seiner Hosentasche und wischte sich damit über die Stirn. »Es freut mich, dass Großvater dir ... « Er faltete das Taschentuch wieder an den Kanten zusammen, die Vidella hineingebügelt hatte, und steckte es weg. » ... dir so nahe steht.« Er unterbrach sich einen Moment. »Ich weiß nicht, ob du es jemals bemerkt hast, aber wir ... also Großvater und ich ... wir sind es nicht ... Wir stehen uns nicht so nah, meine ich.«

Er sah zu seinem Sohn hinüber. Obwohl er versuchte, seine

Überraschung zu verbergen, fühlte Grant, wie seine Augen sich vor Erstaunen weiteten.

»Weißt du, Pa, das ist mir nicht ganz neu.«

Hörte sich das sarkastisch an? So hatte er es nicht gemeint. Er hätte es gerne zurückgenommen. Wie oft hatte Grant im Stillen mit seinem Vater Diskussionen geführt, und jetzt, wo sein Pa wirklich einmal zu ihm gekommen war, brachte er kein ordentliches Gespräch auf die Reihe. »Ist denn irgendetwas passiert? Zwischen euch, meine ich«, fügte er dann schnell mit verbindlicherer Stimme hinzu, um seinen Vater nicht vor den Kopf zu stoßen.

Grant überlegte, ob sein Vater jetzt auf die Willenserklärung zu sprechen kommen würde.

Aber er zuckte nur die Schultern. »Wir waren öfter unterschiedlicher Ansicht.«

Aha. Wahrscheinlich hatte es einige Streits gegeben, viel zu viele, um sie einzeln zu erwähnen, und einer schlimmer als der andere.

»Aber dass etwas Bestimmtes passiert wäre? Nein, Grant. Etwas Bestimmtes ist nie passiert. Es muss auch nichts Bestimmtes passieren, damit Eltern und Kinder sich einander entfremden. Manchmal kommt es nur durch die Gewohnheit – durch die Gewohnheit, sich nicht zu vertrauen.«

Oder durch die Gewohnheit, ständig zu arbeiten, ergänzte Grant in Gedanken.

Sein Vater legte den Kopf in den Nacken und sah wieder auf die Sternenkarte. »Weißt du, Grant, ich wollte deinem Großvater eigentlich immer nur helfen. Ich habe ja mit angesehen, wie er alt wurde, mit seinen schrundigen Händen und mit den schwarzen Rändern unter den Nägeln, die so hartnäckig waren, dass sie nie mehr weggingen.«

Grant blickte auf die Nägel seines Vaters. Sie waren gepflegt, mit sauberen weißen Halbmonden.

»Er arbeitete all die Jahre auf der runtergekommenen alten Farm ...«

Es schockierte Grant, dass sein Vater die Farm heruntergekommen fand. Er hatte sie fantastisch gefunden. Es gab dort jede Menge dunkle Ecken und frisches Heu, Spinnweben und junge Stallkätzchen.

» ... und ich wollte nichts anderes, als ihm helfen. Aber er hat nie gelernt, von jemand anderem etwas anzunehmen.«

Soweit Grant sich erinnern konnte, hatte Großvater sogar sehr viel von ihm angenommen. Feldblumen zum Beispiel. Oder eine Schildkröte in einem Schuhkarton. Und auch Bilder, die er gemalt hatte, und die Großvater dann am Kamin aufhängte. Irgendwie kam es ihm auf einmal vor, als wäre sein Großvater ein Puzzle und Grant und sein Vater hielten verschiedene Teile davon in ihren Händen. Er besaß eben nur die Enkel-Teile. Und sein Vater und er würden die Teile niemals miteinander tauschen können.

Jetzt erhob sich sein Vater aus dem Sitzsack, streckte seine langen Gliedmaßen und nahm wieder seine gewohnte baumlange Erscheinung an: die Verwandlung vom Pa zurück in den Anwalt.

»Also, mein Sohn, du wirst es nicht glauben, aber ich muss heute Abend noch arbeiten.«

»Äh, Pa«, antwortete Grant und sah zu ihm auf. Er konnte ihn jetzt nicht einfach wieder gehen lassen. »Ich glaube, Großvater ist mir gegenüber ein bisschen anders. Er hat mich einmal sogar gefragt ... ob ich ihm helfe.«

»Oh, das ist ja schön«, antwortete sein Vater unbekümmert, während er sich die Hose abklopfte. Ein deutliches Zeichen dafür, dass die Sitzung beendet war. »Dann kann ich nur hoffen, dass du ihn nicht allzu lange hast warten lassen. Er muss ziemlich in der Klemme gewesen sein.«

Mit einem Finger nahm er seinen Mantel auf und legte ihn

sich über die Schulter. Er warf Grant sein Eine-Million-Dollar-Zahnpasta-Reklame-Lächeln zu.

»Und übrigens, mein Sohn«, sagte er, als er schon an der Tür stand, »wenn du willst, kannst du samstags mit dem Bus zu Großvater fahren. Bedank dich dafür nicht bei mir, sondern bei deiner Mutter. Ich habe nichts damit zu tun.« Dann ging er die Treppe hinab.

7

Grant räkelte sich auf dem Doppelbett seiner Eltern. Es war Freitagabend. Seine Mutter machte sich zu einer offenbar sehr schicken Einladung fertig. Ihr schwarzes Cocktailkleid hing bereits ohne seine Plastikhülle an der Kleiderschranktür.

»Wozu brauchst du denn den feinen Fummel?«, rief Grant ins Badezimmer hinüber.

Seine Mutter streckte kurz ihren Kopf zur Tür hinaus. Sie trug einen Handtuch-Turban und war noch ungeschminkt.

»Zum Jahrestreffen!«

Grant war klar, dass es sich dabei um das Jahrestreffen der Anwälte-Vereinigung von Oklahoma handelte.

»Vielleicht erinnerst du dich dunkel«, fuhr seine Mutter fort, »dass dein Vater amtierender Vorsitzender ist.«

Grant lehnte sich zurück und schaltete per Fernbedienung den Fernseher ein. »Und wo ist der amtierende Vorsitzende gerade?«, fragte er dabei.

»Na, da, wo er immer ist! Vor einer Stunde hat ein Bote seinen Smoking abgeholt. Wir treffen uns gleich dort. Aber ich muss absolut pünktlich da sein. Ich stelle nämlich einen der Redner vor und beim Dinner sitzen wir ganz vorne.«

Grant zappte durch die Programme. Es gab nichts, was ihn echt interessiert hätte, aber er ließ schließlich einen Sender laufen, der gerade einen Film über Vulkane brachte. Er schaltete den Ton ab und legte die Fernbedienung neben sich auf das Bett. »Weißt du was, Ma? Du musst dir gar nicht so viel Zeug ins Gesicht schmieren.«

Sie kam wieder aus dem Bad und lächelte. In der Hand hielt sie ihre Wimperntusche. »Danke für das Kompliment, Schatz. Worum geht's?«

»Mensch, was denkst du eigentlich von mir?«, antwortete er grinsend und verschränkte die Arme hinter dem Kopf. »Wenn ich wirklich etwas von dir wollte, würde ich das nicht so offensichtlich einfädeln.«

Dabei fand er wirklich, dass sie ohne Make-up viel besser aussah. Genau wie die Mädchen in seiner Schule. In den Pausen standen Grant und seine Freunde meistens zusammen auf dem Schulhof und beobachteten, wie die Mädchen bei der Toilette ein und aus liefen. Seiner Meinung nach sahen sie besser aus, wenn sie hineingingen. In ein Mädchen, das Lidschatten trug, wollte er sich niemals verlieben. Das hatte er sich geschworen.

Er lehnte sich gegen die Kopfstütze des Bettes und sah zur Decke, wo sich über dem riesigen Bett der Ventilator gemächlich drehte.

Es kam ein bisschen plötzlich, sozusagen aus heiterem Himmel, das war ihm klar, aber wann wäre das nicht der Fall gewesen? Eine vernünftige Überleitung konnte es für dieses Thema sowieso nicht geben.

»Ma ... glaubst du, dass es manchmal auch richtig sein kann, das Gesetz zu brechen?«

»Wie kommst du denn darauf?«, fragte sie aus dem Bad.

»Och, nur so. Ich musste ein Referat über die Boston Tea Party schreiben und Crowder hat mir eine Zwei dafür gegeben. Er meinte, ich hätte es auch mal von der anderen Seite aus betrachten müssen.«

»Was hast du denn geschrieben?«

»Dass es richtig war. Sie mussten für ihre Ziele das Gesetz brechen.«

»Ehrlich gesagt, Grant, habe ich nicht viel Ahnung von der Boston Tea Party. Aber es ist schon sehr häufig vorgekommen, dass Menschen sich bewusst entschlossen haben, für ihre Ziele das Gesetz zu brechen. Wie zum Beispiel bei den Sitzblockaden für die Gleichberechtigung oder bei den die Demonstrationen gegen den Vietnam-Krieg.«

»Ja, aber war das richtig?«, fragte Grant, während er sie durch die geöffnete Tür beobachtete.

Sie zog das Handtuch vom Kopf und schüttelte die Haare. Dann steckte sie den Föhn ein.

»Ma, hast du mir überhaupt zugehört?«, überschrie Grant den Lärm.

»Ich denke gerade nach«, schrie sie zurück.

Ein paar Minuten später schaltete sie den Föhn ab und wandte sich zu Grant um. »Also, Grant, was richtig ist, wird immer jeder für sich selbst abwägen müssen. Es ist von Fall zu Fall verschieden und vor allem immer eine persönliche Entscheidung. Man kann diese Frage nicht generell beantworten.«

Sie kam ins Schlafzimmer, nahm das Kleid vom Bügel und ging in ihr Ankleidezimmer. Wenige Augenblicke später kam sie zurück, im schwarzen Kleid, mit Seidenstrümpfen und hohen Absätzen.

In ihrer Hand blitzte etwas. Sie hielt es Grant entgegen. Es war eine mit Diamanten und Smaragden besetzte Halskette.

Grant pfiff anerkennend.

»Ich weiß«, antwortete sie nur, während sie die Kette am Verschluss vor ihm baumeln ließ.

»Woher hast du die denn?«, fragte Grant und nahm sie in die Hand.

Sie setzte sich auf die Bettkante und hob die Haare im Nacken hoch.

»Er hat sie mir für heute Abend schicken lassen. Unglaublich, was?«

Meinte sie jetzt die Kette oder eher die Tatsache, dass sein Vater sie ihr geschickt hatte? »Nicht schlecht«, antwortete er nur und fügte den Verschluss zusammen. »Gefällt sie dir?« Im Spiegel konnte er ihr Gesicht sehen.

Ihr Gesichtsausdruck veränderte sich nicht, sie ließ nur die Finger über die Edelsteinreihe gleiten, die sich um ihren Hals schmiegte. »Ob sie mir gefällt, Grant? Was für eine Frage! Sie ist überaus elegant. Und wenn dein Vater irgendetwas hat, dann einen perfekten Geschmack. Jede Frau wäre glücklich, so etwas zu besitzen.«

»Ja, aber du?«

»Was ich?«

»Gefällt sie dir?«

Ihre Blicke trafen sich im Spiegel und ihre Stimme wurde plötzlich leise. »Sie gehört mir doch, nicht wahr?«

»Aber gefällt sie dir auch?« Grant flüsterte jetzt ebenfalls. Warum, wusste er selbst nicht genau.

»Lass es gut sein, Grant. Er kann nicht aus seiner Haut.« Sie erhob sich. »Und großzügig ist er. Wirklich.« Ihre Stimme klang wieder so unbeschwert wie immer.

Grant konnte sich gut an das letzte Geburtstagsgeschenk von seinem Vater erinnern. Die teuersten Rollerblades, Knieschoner und ein Hockeyschläger hatten auf dem Küchentisch gelegen. Es war ein tolles und außergewöhnliches Geschenk. Aber Grant wusste einfach, dass nicht sein Vater derjenige gewesen war, der das alles ausgesucht, in Grants Größe bestellt und die Geburtstagskarte dazu geschrieben hatte.

»Er sagt, dass Großvater niemals ein Geschenk von ihm angenommen hat.«

»Ja, das ist wahr.« Sie stand vor dem Spiegel und begann Strähne für Strähne ihr Haar hochzustecken. »An ein Mal kann ich mich noch erinnern. Das war, bevor du geboren wurdest. Wir machten uns Sorgen wegen der Verandastufen.«

Grant erinnerte sich gut an die wackligen Stufen ohne Geländer.

»Dein Vater kam auf die Idee, Geländer anbringen zu lassen. Als Großvater über Weihnachten zu Onkel Abraham fuhr, ließ ich den Schreiner kommen und Geländer anbringen. Ich habe noch große Schleifen um die Pfosten gebunden und in Pas Namen eine Karte geschrieben.

Als Großvater zwei Tage später wieder zurückkam, fuhr ich hin, um ihm beim Einkaufen zu helfen. Aber das Geländer war nicht mehr da. Einfach abgesägt. Und er hat niemals ein Wort darüber verloren. Dein Großvater ist nämlich ziemlich stur, Grant.«

Seine Mutter hatte also offenbar ihre eigenen Teile des Großvater-Puzzles. Dabei konnte Grant verstehen, warum Großvater sich über das Geländer geärgert hatte. Es war dasselbe wie mit den Rollerblades. Von jemandem ein Geschenk zu bekommen, um das sich jemand ganz anderer gekümmert hat, ist einfach eine Beleidigung.

Außerdem gab es ja vielleicht auch noch andere Gründe, warum Großvater sich über das Geländer geärgert hatte. Es ging ja immerhin um sein Haus. Und sie hätten nicht einfach daran herumfummeln dürfen, ohne ihn zu fragen.

Oder das Geländer zeigte ihm, dass sie ihn für alt und klapperig hielten.

Und möglicherweise war es ja auch wirklich so, dass Großvater von seinem Sohn nichts annehmen wollte. Zum Beispiel weil er das Gefühl hatte, dass er ihm etwas beweisen musste. Und vielleicht war es sein Sohn selbst gewesen, der ihm dieses Gefühl vermittelt hatte.

Erst jetzt bemerkte Grant, dass seine Mutter noch immer sprach, während sie die Haarnadeln mit den Lippen festhielt und sich die Haare hochsteckte.

»Was?«, fragte Grant.

Sie nahm die Haarnadeln aus dem Mund und wandte sich zu ihm um, mit hochgestecktem Haar auf der linken Seite und herabhängendem Haar auf der rechten Seite. »Eins weiß dein Großvater allerdings nicht: Nämlich dass dein Vater ihm in Wahrheit sogar jeden Tag hilft.«

»Was meinst du damit?«

»Du hattest es bisher nicht wissen sollen. Ich hatte Angst, du könntest dich bei Großvater mal verplappern. Aber jetzt bist du ja alt genug.«

Grant wartete, bis sie die letzten Strähnen hochgesteckt hatte.

»Dein Großvater lebt schon seit langer Zeit von Pas Geld.«

Grant richtete sich wie eine Rakete auf und sah seine Mutter an. »Das kann doch gar nicht sein! Wie sollte das denn gehen, ohne dass Großvater es weiß.«

»Großvater hat lange Zeit sehr viel Geld in eine Herde Rinder investiert, die er züchten wollte. Und zwar Longhorns. Unglaublich, was?«

Grant glaubte es sofort. Das sah seinem Großvater absolut ähnlich.

»Er hatte die irrwitzige Idee, diese Rasse wieder in Mode zu bringen, natürlich in einer eigenen, weitergezüchteten Form, und damit Gewinn zu machen. Aber es klappte leider nicht. Glücklicherweise war der Vorstandspräsident der Bank ein Freund von Pa. Er hat ihn wissen lassen, dass die Bank schon zwei Hypotheken belastet hatte und sie drauf und dran waren, das Darlehen zu kündigen, wenn dein Vater nicht ganz schnell etwas unternahm. Darum hat dein Vater die gesamte Herde aufgekauft. Zu einem Preis, der weit über dem Marktwert lag. Nur dass Großvater natürlich nicht geahnt hat, dass er der Käufer war. Stattdessen dachte er, er hätte das Geschäft seines Lebens gemacht.«

Sie schüttelte den Kopf und machte sich an die nächste Haarsträhne. »Wir haben das alles durch einen Vermittler abgewickelt, damit er glaubte, dass irgendein Fremder der Käufer war. Auf jeden Fall war das das Geld, von dem er bisher gelebt hat.«

Grant fuhr sich mit der Hand durch die Haare. »Wenn Großvater das wüsste ...«, murmelte er leise.

Aber sie hörte es doch. »Da hast du Recht. Gott sei Dank hat er es nie mitbekommen.«

Grant konnte sich noch genau daran erinnern, als Großmutter gestorben war.

Weil sie ihm nicht erlaubten selbst zu fahren, folgte Großvater dem Leichenwagen in einem Taxi zum Bahnhof. Dort beaufsichtigte er die Verladung des Sarges. Er ließ Großmutter nach Oregon überführen. Ihre Familie war dort auf einem kleinen Dorffriedhof beerdigt und auch Großvater sollte dort eines Tages einen Platz bekommen.

Grant sah jetzt noch das Gesicht seines Großvaters hinter dem kleinen staubigen Eisenbahnfenster vor sich. Genauso würde er jetzt auch aussehen, wenn er die Wahrheit gehört hätte. Großvater hatte in seinem einzigen Anzug und mit seinem schwarzen Stetson ganz steif im Abteil gesessen und mit dem schmalen Stock an das Fenster geklopft, um Grants Eltern, die auf dem Bahnsteig standen, zu sagen, dass sie nach Hause gehen sollten.

Grants Vater war verärgert gewesen. Er hatte für seine Eltern ein neues Grab in Oklahoma kaufen wollen. Er hätte ihnen sogar einen ganzen Friedhof gekauft, wenn er damit Großvater von dieser verrückten Reise abgehalten hätte.

Aber Grant konnte seinen Großvater verstehen. Er musste

das einfach tun, für Großmutter und für sich selbst. Und er musste es allein tun.

Wie würde sich der alte Mann hinter dem staubigen Zugfenster gefühlt haben, wenn er geahnt hätte, dass die Fahrkarte, mit der er seine tote Frau heimbrachte, nicht von ihm, sondern von William Henry Hughes bezahlt worden war? Grant dachte an die Weihnachtsgeschenke, die Großvater ihm jedes Jahr gemacht hatte: Die Bücher mit den handschriftlichen Widmungen, die Angelrute, die neu besaitete Gitarre. Oder auch Großvaters Drei-Uhr-Schnaps, den er im Heim aus einem Automaten zog. All das hatte er nur William Henry Hughes zu verdanken gehabt.

Auf dem Fernsehbildschirm begannen die Vulkane lautlos auszubrechen.

Vor Wut geschäumt, das hätte Großvater wohl auch, wenn er es gewusst hätte. Grant konnte geradezu hören, wie die Worte aus ihm herausbrachen und sein Gesicht vor Zorn rot anlief.

Grants Mutter hatte ihr Haar fertig aufgesteckt und stand vor dem großen Wandspiegel. Das Kleid hatte einen Rückenausschnitt und saß sehr eng. Sie musterte sich von allen Seiten. »Für fünfundvierzig gar nicht so schlecht, finde ich.«

Grant betrachtete sie. Er war froh, dass er sich ein wenig von dem ablenken konnte, was er gerade gehört hatte. Und sie sah wirklich toll aus, trotz des Make-ups, das musste er zugeben. »Denen werden die Kinnladen samt Gebiss runterfallen. Echt Sexy-Hexy, Ma.«

»Grant, ich bin zwar noch nicht alt, aber für eine Sexy-Hexy bin ich wohl doch schon ein bisschen zu erwachsen.«

»Und cool?«

»Cool ist okay«, antwortete sie lachend.

»Apropos okay: Ist es okay, wenn ich heute bei Avery übernachte?«

»Ich wusste doch, dass du irgendwas wolltest! Du hast mich die ganze Zeit nur abgelenkt.«

»Ist es denn in Ordnung?«

»Doch, wenn du eingeladen bist, ist es in Ordnung.«

»Natürlich bin ich eingeladen. Ich bin immer eingeladen. Und denk dran, dass ich morgen gleich zu Großvater weiterfahre. Mit dem Bus, und zwar allein. Diese Ansage zu meinem Aufenthalt ist ein kostenloser Service. Bitte wählen Sie unsere Nummer wieder.«

Sie lächelte und ging zur Tür. »Kommst du mit oder bleibst du noch hier?«, fragte sie, während ihr lackierter Fingernagel schon den Lichtschalter berührte.

»Ich glaube, ich gucke noch den Film zu Ende«, antwortete er und schaltete den Ton wieder ein. »Aber eine Frage habe ich noch, Ma.«

»Na gut, aber bitte schnell. Ich bin schon spät dran.«

»Wie würdest du entscheiden, wenn du Richterin wärst, und einer, der ein Verbrechen verübt hat, es zugibt und auch Gründe dafür hat ...«

»Denkst du noch immer darüber nach?«

»... und du aber glaubst, dass das, was er getan hat, richtig war, obwohl es gegen das Gesetz war. Also sogar ein richtig schweres Verbrechen. Was würdest du dann tun?«

»Na ja, ich würde das tun, wozu ich hoffentlich immer den Mut haben werde.«

»Ihn laufen lassen?«, ergänzte Grant, während er beobachtete, wie die Vulkane ihr gesamtes Inneres von sich gaben.

Ihre Absätze klackten über den Flur. »Ich würde das geltende Gesetz anwenden.«

8

Grant lag halbwach in seinem Schlafsack auf dem Boden in Averys Zimmer. Das Zwitschern eines Spottvogels drang leise durch das geöffnete Fenster.

Konnte man bei ihm zu Hause eigentlich die Fenster öffnen? Wahrscheinlich waren sie völlig mit Farbe zugepinselt, dachte Grant grinsend. Jedes Jahr im Herbst schaltete seine Mutter die Klimaanlage auf Heizung um, und im Frühjahr wieder zurück. Vielleicht machten die geöffneten Fenster ja den Unterschied aus, dass die Luft hier irgendwie milder war.

Er reckte sich. Sollte er jetzt aufstehen? Oder lieber wieder einschlafen und weiterträumen? So ging es den Katzen wohl öfter ...

Durch die Jalousien drangen einige Gesprächsfetzen herauf. Averys Eltern, Susan und Zach, saßen anscheinend schon in der Küche.

Während er zwischen Schlafen und Wachen hin und her glitt, fiel Grant der gestrige Abend wieder ein.

Er hatte so unheimlich lachen müssen, dass er fast einen Magenkrampf bekam und ihm die Tränen in die Augen stiegen. Aber worüber hatten sie denn eigentlich gelacht? Ach, ja! Über Averys kleine Schwester Star. Sie war erst drei und hatte während des Abendessens eine kleine Vorführung gegeben. Und sobald er nur daran dachte, überkam Grant schon wieder das unwiderstehliche Lachen und weckte ihn vollends auf.

Avery war völlig vermummt. Nur seine Haare sahen unter der Decke hervor, wie bei einer Karotte, deren Grünzeug aus der Erde ragt, während der restliche Körper noch im Boden steckt.

Karotten. Zucchini. Sojasprossen und Wildreis. Sie hatten

zu fünft um den Wok gesessen und herausgepickt, was Averys Vater aus dem Garten geholt und hineingeschnippelt hatte. Wenn es so etwas bei Grant zu Hause gegeben hätte, hätte er sich glatt geweigert, das zu essen. Aber hier schmeckte es ihm vorzüglich. Das war neben der Luft ein weiterer Unterschied gegenüber Zuhause: Hier schmeckte es ihm einfach besser.

Er konnte sich genau vorstellen, wie Susan gerade Star fütterte. Ihre langen, schon grau gewordenen Haare hingen sicher noch offen über ihren Rücken und waren noch nicht zu einem Zopf geflochten, wie normalerweise tagsüber. Das war der einzige Unterschied zu sonst. Ansonsten sah sie immer gleich aus, mit dem gleichen Gesicht und derselben Jeans.

Grants Mutter veränderte sich an einem einzigen Tag mehrere Male. Manchmal waren es nur Nuancen. Zum Beispiel tauschte sie die Perlohrstecker gegen große Reifen aus. Oder eine Uhr mit Krokolederarmband gegen eine mit goldenem Band. Oder sie wechselte ihre Aktentasche gegen die Handtasche aus.

Jetzt verstummte das Gespräch in der Küche. Wahrscheinlich begann Zach, der Englischlehrer an einer Highschool war, die Aufgaben seiner Studenten zu korrigieren. Grant hatte schon oft erlebt, wie er sich samstags morgens damit am Küchentisch ausbreitete. Aber wenn jemand hereinkam, unterbrach er seine Arbeit, um ein Schwätzchen zu halten.

Die Kaffeemühle schrillte, ging an und aus, und der Duft von gemahlenen Kaffeebohnen stieg in Averys Zimmer. Hier konnte man immer riechen, was unten gerade gekocht wurde.

Außerdem roch es nach kalter Pizza. Sie lag noch von gestern an Grants Fußende in ihrer Packung auf dem Boden. Und sie roch immer noch ziemlich gut. Mann, da bekam er ja richtig Hunger! Was für ein irres Gefühl: Hunger!

An und aus. Genau wie sein Traum. Wie eine schwache Erinnerung, woran auch immer. An und aus.

Er versuchte, wieder in den Traum zurückzukehren, in dem er sich so wohl gefühlt hatte, und versank tiefer und tiefer in das dunkle Dämmern.

Wie der Zuschauer eines Tennismatches verfolgte Grant Belles Hand, die zwischen der Schüssel Haferbrei und Großvaters geöffnetem Mund hin und her wanderte. Er war von Avery aus gleich hierher gekommen.

Einige Tropfen Brei traten aus Großvaters Mundwinkeln hervor und rannen auf sein Kinn.

Belle kümmerte sich nicht darum, als wollte sie absichtlich bis zum letzten Moment warten, um sie mit dem Löffel wegzukratzen, bevor sie auf die Serviette tropften, die mit einem Clip um Großvaters Hals befestigt war. Bisher war es ihr immer gelungen.

»Willst du es auch mal versuchen?« Ihre Stimme klang tief und weich. Wenn sie eine Glocke gewesen wäre, dann sicher keine helle, silbrige, sondern eine große, alte gusseiserne, mit einem tiefen, warmen Ton.

Grant merkte, dass er es versuchen sollte. Aber wollte er das auch?

Indem Belle ihm den Löffel quer über das Bett reichte, nahm sie ihm die Entscheidung ab. Ihr weißer Kittel dehnte sich an den Nähten, während sie sich zu ihm herüberlehnte. Dann bedeutete sie Grant, ihren Platz einzunehmen, und erhob sich schwerfällig vom Stuhl.

Der Sitz war von ihrem Körper ganz warm. Grant verrührte den Brei mit der Milch, die sich in der Schüssel absetzte, damit er flüssig blieb. So rutschte es besser.

»Belle«, fragte er, während er den ersten Löffel füllte, »woher weiß man eigentlich, wann er Hunger hat?«

Belle ging zum Kopfende des Bettes, wobei sie bei jedem Schritt leicht von einer auf die andere Seite wankte. Sie richtete Großvater ein wenig auf und stopfte das Kissen steiler unter seinen Kopf, damit er leichter schlucken konnte.

»Wir füttern ihn grundsätzlich zu jeder Mahlzeit und sehen dann, was hinuntergeht. Bei mir isst er immer alles auf.«

»Aber ... er tut doch eigentlich gar nichts mehr. Ich meine, wozu braucht er das Essen noch? Es kommt mir vor, als stopfe ich nur etwas in ihn hinein.« Ja, wirklich. Es war genauso, wie wenn er mit Vidella zusammen den Truthahn für Thanksgiving füllte: Löffel für Löffel kam der Brei in eine leere Hülle.

Belle schlenderte zum Wäscheschrank und nahm eine Decke heraus. »Dein Großvater braucht trotzdem Nahrung, Grant. Sonst wird er zu schwach.«

»Zu schwach wozu?«

»Zu schwach, um gesund zu werden natürlich.« Anscheinend war sie überrascht, dass ihm das nicht klar war.

»Belle, wie viele Patienten in diesem Flügel sind denn schon jemals wieder gesund geworden?«

»Jetzt fang aber bitte nicht so an wie dein Vater! Ich kann dir nur sagen, ein Körper braucht eine bestimmte Menge Kalorien, um ordentlich zu funktionieren. Das ist wichtig, damit das Herz weiter schlägt und die Lunge arbeiten kann.«

Grant kratzte einen Klecks von Großvaters Kinn. Er bekam fast alles weg, bis auf einen kleinen Rest, der an den weißen Bartstoppeln hängen blieb. »Macht dich das nicht traurig?«

Sie lachte, tief und glucksend. »Traurigkeit können sich nur die Reichen leisten. Du solltest clever genug sein, um das zu wissen. Außerdem – worüber sollte man denn traurig werden?«

»Über diesen Flügel und die Arbeit hier.«

»Junge, was ich hier mache, ist die Arbeit, die auch unser Herr getan hat. Und das ist für mich eine Ehre.«

Er sah ihr zu, wie sie die Laken glättete und dabei die

Decke am Fußende so stramm zog, dass Großvaters Füße noch weiter nach unten gedrückt wurden.

»Na ja, ich weiß schon, was du meinst ... aber trotzdem ... die meisten hier haben doch nicht mehr viel zu erwarten.«

»Wie willst du denn beurteilen können, ob dein Großvater noch viel zu erwarten hat oder nicht?«

Sie klang richtig wütend, aber Grant wusste, dass das nur ihre Art war, ihre Meinung zu sagen.

»Woher willst du wissen, ob dein Großvater nicht einfach froh darüber ist, dass er saubere Laken unter seinem müden alten Körper fühlen kann. Oder sich freut, einen Schluck Wasser zu trinken oder dem Singen der Vögel vor dem Fenster zuzuhören? Dieses Leben hier ist schön, mein Junge, auch wenn ich damit nicht sagen will, dass das nächste weniger schön ist. Ich finde nur, du solltest es nicht für weniger wertvoll halten, als es tatsächlich ist.«

Sie breitete die Decke über Großvaters Füße, dann ging sie zum Fenster und zog die Vorhänge auf. Ein Gärtner arbeitete gerade im Park. Es war ein friedlicher Anblick, obwohl Belle einen Großteil der Sicht verdeckte.

»Vielleicht kann man sich das ja in deinem Alter noch gar nicht vorstellen. Aber wenn du erst mal alt bist und denkst, dass bald alles vorbei ist, kommt es dir noch sehr viel vor, wenn du bloß in deinem Bett liegen kannst.«

Sie drehte sich um und sah Grant an. »Es wird dir – oder ihm – möglicherweise mehr wert sein, als sich irgendjemand vorstellen kann.« Dabei streichelte sie Großvaters Arm.

Dann wandte sie sich wieder den Pflanzen zu und fühlte mit den Fingern in der Erde, ob sie Wasser brauchten. »Weißt du, er murmelt oft etwas im Schlaf. Und seine Augen bewegen sich unter den Lidern hin und her. Ich bin sicher, dass er an früher denkt.« Sie lächelte wieder. »Zum Beispiel an die Jahre mit deiner Großmutter. Oder wenn du bei ihm warst.«

Genau dasselbe hatte Grant auch gedacht, als er zum ersten Mal sah, wie sich Großvaters Augen unter den geschlossenen Lidern bewegten.

»Hast du schon mal etwas so Schönes geträumt, dass du gar nicht geweckt werden wolltest?«

Grant kratzte einen letzten Löffel voll aus dem Teller und antwortete nicht.

»Vielleicht geht es deinem Großvater ja gerade genauso?«

Auf dem Tablett stand noch eine kleine Schale mit Pudding. Grant wollte ihn Großvater eigentlich nicht geben, weil Großvater nie Süßes gegessen hatte. Aber ohne zu fragen wusste er genau, dass Belle darauf bestehen würde. Also versuchte er es.

»Aber ... vielleicht ist es ja auch gar nicht so toll. Vielleicht würde er ja, oder auch die anderen ... vielleicht lieber gar nicht ...«

»Das können wir uns aber nicht aussuchen, Grant«, unterbrach ihn Belle. »So ist es nun mal. Die Karten sind verteilt und du musst sie so gut ausspielen, wie du kannst. Vielleicht würdest du sie lieber gegen ein anderes Blatt umtauschen. Du würdest lieber beim Ballspielen tot umfallen oder einfach im Bett neben deiner hübschen Frau einschlafen. Aber du kannst es dir eben nicht aussuchen.«

Sie nahm die Gießkanne, ging damit ins Bad und drehte das Wasser auf. Währenddessen sprach sie laut weiter, rief geradezu und die Fülle ihrer Stimme verstärkte sich noch. Wie ein Echo klang sie aus dem Bad, schallte von hinten zu ihm herüber.

»Es ist nicht immer einfach, das hinzunehmen, was Gott uns bestimmt hat.« Sie drehte das Wasser wieder ab. »Aber es zeugt von viel mehr Stärke, wenn man die Dinge so annimmt, wie sie sind, als herumzujammern und zu beklagen, dass es nicht anders gekommen ist.«

Sie goss die Pflanzen, dann kam sie zu ihm. »So.« Sie legte ihre Hand auf Grants Schulter, während er das letzte bisschen Pudding aufkratzte.

»Es tut mir leid, dass ich dir eine solche Predigt gehalten habe, Grant. Aber so sehe ich meinen Job nun mal. Denn ich war hungrig und ihr habt mir zu essen gegeben, ich war durstig und ihr habt mir zu trinken gereicht, ich war krank und ihr habt mich besucht. Matthäus, 25.35 bis 36. Und daran halte ich mich.«

9

Den Sonntag darauf hatte Großvater Geburtstag. Für ihn war dieser Tag wohl nicht anders als jeder andere, aber Grant verabreichte dem Sekretär seine halbjährliche Politur.

Er begann wie immer oben, polierte danach die Seiten, dann das Innere, die Fächer und die Ablagen, und schließlich den Deckel. So hatte Vidella es ihm beim ersten Mal gezeigt und in dieser Reihenfolge machte er es auch weiter.

Er schüttete etwas Politur auf ein altes T-shirt seines Vaters, nahm den Lappen dann an einem Zipfel zwischen die Zähne und stemmte sich auf die Schreibfläche, um seine übliche Position im Schneidersitz einzunehmen.

Das Eichenholz schimmerte golden, fast als ob der Baum während seines Wachstums das Licht der Sonne aufgenommen hätte. Darüber hinaus verlieh die Politur dem Holz einen sanften Glanz, der das vom hinteren Fenster hereinfallende Licht reflektierte. Die Maserung bestand aus feinen Streifen, den Jahresringen des Baumes. An einer Stelle bildeten sie einen kleinen Wirbel. Er sah aus wie ein Auge, das Grant beobachtete. Wodurch hatte der Baum wohl eine solche Verletzung davongetragen?

Und was für Wundmale hatte wohl in diesem Jahr Großvater davongetragen, überlegte Grant, während er mit dem weichen Tuch über das Holz strich.

Am Tag zuvor hatte er ihn besucht und einen großen Bildband über »Die ersten Farmen in Oklahoma« aufgeschlagen auf der Kommode aufgestellt. Auf dieser Seite befand sich eine Farbfotografie des Eingangstores von »The Rocking H« und eine Abbildung des Brandzeichens. An den Rand hatte Grant geschrieben: »Auch bekannt als der schönste Ort der Welt, um als kleiner Junge die Ferien zu verbringen.« Es war schon etwas länger her, dass Grant das Buch gekauft hatte. Seitdem hatte er es für Großvaters Geburtstag aufgehoben. Allerdings bestand nun keine Aussicht mehr, dass er es noch einmal ansehen würde.

Jetzt kam er an die Seitenteile des Sekretärs.

Belle hatte ihm die Berichte gezeigt. Seither wusste Grant, dass Großvater das Buch niemals mehr würde ansehen können. Er hatte mit eigenen Augen gelesen, wie Großvaters Werte stetig und unverkennbar immer schlechter wurden.

Was zwar traurig war, aber in Ordnung; in Ordnung deshalb, weil die Dinge einfach ihren Lauf nehmen würden, ohne dass Grant ... eingreifen musste. Wenn es soweit war, würde Großvater dann vielleicht einfach im Schlaf hinüberdämmern, so wie Großmutter damals auch. Bis dahin konnte es sich nur mehr um Wochen handeln, oder höchstens noch um ein paar Monate.

Es konnte also nicht mehr jahrelang so weitergehen. Denn das war doch das, wovor Großvater Angst gehabt hatte: die langen Jahre. Und damit war Grant aus der Pflicht.

Oder etwa nicht?

Jetzt kam er an das Geheimfach. Er zögerte, dann schloss er es auf, nahm den Brief heraus und las ihn aufs Neue. Und diesmal sprang ihm etwas daran ins Auge:

In der Geschichte geht es nicht um den Jungen. Ich wiederhole: Es geht nicht um den Jungen. Das möchte ich klarstellen.

Grant schloss den Brief wieder weg und polierte weiter.

Es tut mir Leid, Großvater, aber da irrst du dich einfach. Denn wenn mir bei all dem Nachlesen und Nachdenken und Reden eins klar geworden ist, dann das: Es geht in dieser Geschichte sehr wohl um den Jungen, Großvater! Vielleicht ohne den Brief und ohne die Kassette, das gehört beides zu deiner Geschichte. Aber mittlerweile, Großvater, mittlerweile hat eine ganz andere Geschichte begonnen. Es ist nicht mehr die Geschichte davon, wie ein alter Mann stirbt oder sterben möchte. Es ist die Geschichte darüber, ob sein Enkel ihm hilft oder nicht. Darum geht es jetzt, Großvater. Und ich weiß, wovon ich rede. Denn schließlich bin ich ja derjenige, der in dieser Klemme steckt.

Zweiter Teil

1

Grant zog seine letzten Referate aus den Schubladen des Sekretärs hervor. Es war April, heute war sein fünfzehnter Geburtstag und er räumte wieder einmal seinen Sekretär aus. Und es machte ihm Spaß, die alten Zettel durchzusehen.

Auf so gut wie allem, was abgeheftet werden sollte oder in die Alternativablage wanderte, so nannte er den großen Papierkorb, den er gleich zur Altpapiertonne hinter dem Haus bringen wollte, prangte eine Eins. Grant rechnete immer mit einer Eins. Er hielt sie sozusagen für selbstverständlich. Aber die Eins war nicht das Kriterium dafür, ob er ein Referat aufhob oder nicht.

Um sich das selbst zu beweisen, legte er das Referat über die Boston Tea Party, für das Crowder ihm eine Zwei gegeben hatte, auf den Stapel mit den Arbeiten, die er behalten wollte. Dann kletterte er auf den Sekretär hinauf.

Mann, war das eng hier! Er stieß mit den Knien an die Seiten. Vielleicht war man mit fünfzehn doch schon zu alt, um auf einem Sekretär zu hocken, dachte er, während er wieder herabstieg. Zu seinem Erstaunen stellte er dabei fest, dass er auch im Stehen mit Leichtigkeit hinaufreichen konnte.

So. Jetzt war also wieder ein Jahr vorbei.

An dieses letzte Jahr auf der Mittelschule hatte er bestimmte Erwartungen geknüpft. In die achte Klasse zu gehen, war etwas ganz Besonderes. Die Achtklässler waren die Größten und die Stärksten der Schule. Im nächsten Jahr würde er in der Highschool wieder zu den unteren Rängen gehören. Aber dieses Jahr, echt, auf dieses Jahr hatte er sich schon gefreut, seitdem er im Kindergarten am Zaun gestanden und zugesehen hatte, wie die baumlangen Achtklässler in kleinen Gruppen, und nicht etwa in einer ordentlichen Reihe, die Schule betraten oder verließen.

Und jetzt war das alles schon fast wieder vorbei. Wenn er es benoten sollte, mit Ziffern wie auf seinen Arbeiten, die er gerade sortiert hatte, überlegte er. Was würde er dann mit Rotstift auf dieses Jahr schreiben?

Zunächst mal die Schule: Er ging gern zur Schule. Der Unterricht machte ihm Spaß, auch das Arbeiten in der Bibliothek und sogar die Lehrer waren nett – bis auf Crowder. Insgesamt war die Schule Eins-A.

Dann sein Privatleben. Das bestand vor allem aus Avery und auch aus ein paar anderen Jungen, mit denen er sich gut verstand. Er gehörte zwar nicht zum festen Kern einer Gruppe, was er auch gar nicht wollte, aber er war auch kein Außenseiter. Jeden Samstagnachmittag spielten sie Hockey auf dem Parkplatz bei der Kirche. Und freitagabends fand er auch immer jemand, der mit ihm zu den Higschool-Spielen oder ins Kino ging. Sein Privatleben bekam eine Zwei.

Tja, und die Mädchen? Leider spielte sich da noch gar nichts ab. Nichts, null und garnix. Manchmal aß er mit Tracy und Kenna zu Mittag. Die waren nett, aber darum ging es ja nicht. Cecilia Clark und Beth Kenneborough hatten ihn beide gefragt, ob er mit ihnen zur Sylvesterparty ging. Er mochte sie beide – aber mehr auch nicht. Schließlich war er dann aus Höflichkeit doch mit Cecilia gegangen, weil sie ihn zuerst gefragt hatte. Aber der Abend hatte sich, ehrlich gesagt, in erster Linie durch Langeweile ausgezeichnet. Nein, eigentlich konnte er sich bei den Mädchen überhaupt keine Note geben. Mädchen also streichen.

Zu Hause. Erträglich. Vor allem, weil sein Vater nie da war. Zu Hause bekam eine Drei.

Sein Aussehen. Entwickelte sich wohl durchschnittlich. Ziemlich schlaksig, wobei die Schultern langsam breiter wurden. Das kam wahrscheinlich vom Schwimmen. Seine Stimme rutschte ihm inzwischen auch kaum noch aus. Keine Kickser mehr. Seine Mutter sagte immer, seine dunklen Augen wären unwiderstehlich. Aber so reden Mütter eben. Die mochte ja sogar seinen Haarwirbel, den er selbst nicht ausstehen konnte, denn dadurch stand sein Pony an der einen Seite immer hoch und machte ihm ein ganz schiefes Gesicht. Sein Aussehen war also eher Drei.

Der Sport. Im Schwimmen war er gut, oder sogar besser als gut. Es war ja keine Heldendisziplin und er würde damit auch niemals berühmt werden, aber es machte ihm Spaß. Seine Zeiten wurden immer besser und er war mittlerweile eine wichtige Stütze der Mannschaft. Bei den Bundeswettbewerben war er zweimal Erster in hundert und in fünfzig Meter Freistil geworden, Zweiter bei der gemischten Staffel, und zweimal Vierter in Rücken- und Delfinschwimmen. Jetzt akzeptierten ihn die älteren Jungs auch und alberten mit ihm herum, indem sie ihm ihre feuchten Handtücher von hinten auf die Oberschenkel knallten. Mann, das brannte vielleicht! Aber es war super. Schwimmen bekam eine Eins.

Und wie war jetzt der Durchschnitt? Zwei Einsen, eine Zwei, zwei Dreien und einmal gar nichts. Im Schnitt also etwa Drei. Allerdings ohne die Sache mit Großvater in den Durchschnitt einzubeziehen.

Die Dinge waren leider nicht so gelaufen, wie sie hätten laufen sollen. Zuerst hatte sich Großvaters Zustand verschlechtert, er hatte keinen Händedruck mehr erwidert, und die Werte hatten nachgelassen. Aber dann, während des Winters, waren sie ganz langsam wieder angestiegen.

Großvaters Siechtum lag Grant auf der Seele. Das war doch genau das, was Großvater nicht gewollt hatte.

Vor etwa vierzehn Tagen hatte es wieder Anzeichen für eine Veränderung gegeben. Mittlerweile war Grant Profi im Lesen von Krankenberichten geworden. Er sah auf Anhieb und mit einer gewissen Erleichterung, dass der allmähliche Verfall wieder einsetzte.

Für alles, was Großvater betraf, hatte Grant sich zu einer Art Experte entwickelt. Als seine Mutter ihn einmal ins Heim begleitet hatte, hatte sie mit offenem Mund verfolgt, wie er Großvater fütterte, ihn rasierte und den Mund ausspülte, wie er mit einem Wattestäbchen Vaseline auf seine Lippen strich, seine Temperatur maß und die Betttücher feststeckte. War Großvater also wirklich der Grund dafür, dass das achte Schuljahr insgesamt keine Eins bekam?

Grant suchte einen sauberen Fleck auf dem Tuch und spritzte etwas Politur darauf. Er begann mit den kleinen Fächern, wobei er sorgfältig darauf achtete, dass keine Politur auf die Elfenbein-Einlegearbeit des Geheimfaches tropfte.

Er hielt das Geheimfach jetzt immer geschlossen. Er hatte keine Lust, es zu öffnen.

Im Gegensatz zu früher hatte er den Brief und die Kassette schon seit langem nicht mehr herausgeholt. Anfangs hatte er den Brief wieder und wieder gelesen und die Kassette stets aufs Neue gehört. Er war davon im ganzen letzten Herbst geradezu besessen gewesen; vor allem von der Angst davor. Jetzt, wo er darüber nachdachte, wurde ihm das klar.

Aber irgendwie war es ihm gelungen, die Sache zu verdrängen. Manchmal wunderte er sich selbst darüber. Es war wie bei diesen Kirmesbuden, bei denen man die Köpfe der Koyoten abschießt, sobald sie auftauchen. Es gelang ihm auch hierbei, alles schön unten zu halten.

Dabei war es ja nicht so, dass er überhaupt nicht mehr an

Großvater dachte. Wenn er auch seine »Aufgabe« verdrängt hatte, bedeutete das ja nicht, dass er sich nicht mehr um ihn kümmerte.

Er fuhr noch immer jeden Samstag ins Heim. Mittlerweile duzte er sich schon mit dem Busfahrer. Nur an zwei Samstagen hatte er es bisher verpasst. Einmal hatten die Bundesmeisterschaften im Schwimmen stattgefunden und das andere Mal war er in den Osterferien in Aspen zum Skifahren gewesen. Sonst war er immer gekommen.

Anfangs hatte er nur an Großvaters Bett gesessen, seine Hand gehalten und an früher gedacht. Einmal war ihm dabei eingefallen, dass Großvater ihm gezeigt hatte, wie man einen Köder am Haken befestigt und wie man einen Fisch ausnimmt. Daraufhin hatte er am nächsten Samstag seine Gitarre mitgebracht und die Zupfmuster gespielt, die Großvater ihm beigebracht hatte.

Zuerst war es ihm schwergefallen, in den hintersten Zellen seines Gehirns zu wühlen, die staubig und dunkel wie die ungekehrten Ecken einer Abstellkammer waren. Aber je öfter er es versuchte, desto leichter fiel es ihm. Er konnte sich plötzlich sogar wieder an ganze Szenen, Gerüche oder sogar an kleine Ausschnitte aus Gesprächen erinnern.

Aber in letzter Zeit war ihm das immer seltener gelungen, fast so, als hätte er alle Erinnerungen aufgebraucht. Stattdessen brachte er jetzt öfter seine Hausaufgaben oder ein Buch mit.

Grant zog den Rolldeckel des Sekretärs herunter. Die Führung war glatt und eben. Er polierte sich langsam abwärts.

Nein, es lag einfach nicht an Großvater, dass sich seine Erwartungen für die achte Klasse nicht erfüllt hatten. Natürlich war es schlimm, aber auch wenn die Sache mit Großvater nicht passiert wäre, wäre dieses Schuljahr trotzdem nicht so gut gewesen. Aber vielleicht war das eben so, mit vierzehn Jahren. Vielleicht war vierzehn für niemanden ein Eins-A-Jahr. Obwohl, er kannte Jungs, für die es ein Eins-A-Jahr war – jedenfalls wirkte es so.

Piep. Piep. Piep.

Fünf nach drei! Als er heute Morgen aufgewacht war, hatte er sich den Wecker gestellt.

Also aus und vorbei mit vierzehn. Fünfzehn hörte sich ja auch wesentlich erwachsener an als vierzehn. Es klang nach Führerschein und Highschool und Ferienjobs. Fünfzehn musste einfach super sein!

»Beeil dich, Grant!«, brüllte Avery, während er die Treppe hinauflief. »Meine Mutter wird mit dem Auto gleich hier sein. Also los!«

An diesem Nachmittag wollte Grant mit Avery zu dessen Onkel fahren. Er wohnte etwas außerhalb von Okemah, einer Stadt, die etwa eine Stunde in östlicher Richtung entfernt lag. Die Tatsache, dass sie östlich lag, machte einen entscheidenden Unterschied. Durch die Stadt Oklahoma verlief ein Höhenzug; westlich davon, in Richtung »Rocking H«, wurde das Land flach und trocken, dort begann West Texas; östlich davon lag Arkansas mit seinen lieblichen grünen Bergen.

Das Haus von Averys Onkel war typisch für den Osten. Es war ein weißes Fachwerkhaus, lag auf einem Hügel und war rundherum umzäunt. Dazu gehörte jede Menge Land und eine Reihe Pferde, Katzen und Hunde. Es war so schön, dass man sogar im Touristenbüro auf der Hauptstraße eine Postkarte davon kaufen konnte. Avery hatte Grant mal eine geschickt.

Jetzt trampelten Avery und Grant zusammen die Treppe herunter.

»Hey, Jungs!«, rief Grants Mutter aus dem Esszimmer,

»das hört sich ja wie eine durchgehende Rinderherde an. Dabei fände ich es ganz schön, wenn jeder von euch mindestens noch mal fünfzehn Jahre leben würde.«

Die Jungen trabten an der geöffneten Tür vorbei, versuchten dabei aber noch immer, sich gegenseitig anzurempeln.

»Könntet ihr vielleicht auch anständig gehen?«

»Tschüss, Ma, wir sind jetzt weg«, rief Grant ihr gerade noch zu, während sie schon aus der Haustür stürzten und auf den verbeulten Volkswagen zurannten.

Susan saß am Steuer und Averys Vater Zach, der seine Haare heute zu einem Pferdeschwanz zusammengebunden hatte, auf dem Beifahrersitz. Grant und Avery falteten ihre Gliedmaßen wie Klappstühle zusammen und quetschten sich neben Star auf den Rücksitz.

Jetzt kam Grants Mutter noch mal ans Tor. »Und denk dran, Schatz, ich rechne um zehn mit dir.«

Averys Unterstützung voraussetzend, rümpfte Grant als stillen Ausdruck des Protests die Nase.

»Dann kommt nämlich dein Vater nach Hause und er möchte dich wenigstens an deinem Geburtstag mal sehen.«

Zach hob den Daumen zum »Okay« und bestätigte damit noch mal das, was sowieso schon längst abgemacht war. Dann legte Susan mit dem abgebrochenen Gangschaltungshebel den Gang ein, der kleine Wagen tuckerte die Einfahrt entlang und ließ Grants Mutter, die ihnen nachwinkte, zwischen zwei weißen Säulen zurück.

Grant saß so eingequetscht, dass er sich kaum bewegen konnte. Trotzdem gelang es ihm irgendwie, das Fenster aufzukurbeln und seinen Arm auf die Strebe zu legen. Die Luft war zwar noch kühl, aber die Sonne brannte schon ziemlich stark und Grant merkte, wie die ungeschützte Haut seines Armes langsam rot wurde. Es waren die ersten warmen Strahlen der Frühlingssonne und das war ein tolles Gefühl.

Am liebsten hätte er laut aus dem Fenster gerufen, damit die Fahrtluft die Neuigkeit überallhin verbreitete:

Ich bin Grantham William Hughes und ich werde heute fünfzehn Jahre alt!

Aber das tat er natürlich nicht. Stattdessen saß er mit angezogenen Knien schweigend hinter Susan, deren langer Zopf über die Rücklehne baumelte, und sah die Rotdornbäume am Fenster vorüberfliegen. Ihre Knospen waren schon dick, drauf und dran ihre rot-violetten Blätter auszubreiten, als warteten sie nur noch auf den Startschuss. Er konnte sich genau vorstellen, wie sie sich fühlen mussten.

»Tz, tz, tz.« Grant schnalzte leise mit der Zunge und näherte sich dabei vorsichtig dem rotbraunen Pferd. Er hielt das Zaumzeug in der Hand bereit, um es dem Fuchs im richtigen Moment über den Kopf stülpen zu können – falls sich die unwahrscheinliche Gelegenheit dazu ergäbe.

Das Pferd beobachtete ihn aus seinen seitlich am Kopf befindlichen Augen. Dabei kaute es Gras – mit einem, wie Grant meinte, hämischen Grinsen. Grant machte zwei vorsichtige Schritte vorwärts und das Pferd ging ebenso weit zurück.

Auf diese Weise hatten sie sich schon über die ganze Weide bewegt und langsam kamen Grant Zweifel, ob er es überhaupt jemals schaffen würde. Avery hatte sein Pferd schon längst eingefangen. Er lag jetzt über den Pferderücken zurückgelehnt, hielt den Arm über sein Gesicht, um sich vor der Sonne zu schützen, und wartete auf Grant, während sein Pferd graste. Ihre Rucksäcke waren mit Proviant vollgepackt und sie hatten auch an Streichhölzer gedacht, um ein Feuer zu machen. Jetzt hing nur noch alles davon ab, ob Grant das Pferd fangen konnte.

Er hielt das Zaumzeug vor sich und versuchte es aufs Neue. »Tz, tz, tz.« Das Pferd wich zurück.

»Du musst ihn zu dir kommen lassen«, sagte plötzlich eine Stimme hinter ihm – eine Mädchenstimme.

Sie gehörte tatsächlich einem Mädchen. Einem Mädchen mit zurückgebundenen braunen Haaren und hellgrauen Augen, mit Sommersprossen über dem Nasenrücken und einem Hauch von Sonnenbräune auf den Wangen. Einem schlaksigen, langbeinigen Mädchen, das fast so groß wie Grant war und Jeans und Cowboy-Stiefel trug. Grant war von ihrem Erscheinen – und von ihrem Aussehen – so überrascht, dass sein Kopf plötzlich ganz leer war. Er starrte sie einfach an und brachte kein Wort hervor.

»Du musst ihn zu dir kommen lassen«, wiederholte sie. Sie konzentrierte sich auf das Pferd, nicht auf ihn, das war Grant klar. »Er muss denken, dass er es freiwillig tut.«

Weil er nicht wusste, was er sonst tun sollte, sah auch Grant wieder das Pferd an. Es war klar, dass das Tier die Oberhand hatte. Wenn es nicht gefangen werden wollte, ließ es sich auch nicht fangen.

Jetzt ließ Grant den Arm sinken, sodass der Halfter das hohe Gras berührte. »Also gut, Pferd.« Irgendwie fiel es ihm leichter, mit dem Pferd zu sprechen, als mit dem Mädchen. »Vergiss es! Mach was du willst, aber komm bloss nicht her, Pferd. Komm auf keinen Fall zu mir.«

Das Pferd hörte auf zu grasen und sah ihn an.

»Wenn du jetzt gehst, läuft er dir hinterher.«

Grant warf ihr über die Schulter einen skeptischen Blick zu. Meinte sie wirklich, dass das Pferd, dem er sich die letzten dreißig Minuten lang auf Armeslänge zu nähern versucht hatte, ihm jetzt so einfach folgen würde? Andererseits hatte er ja nichts zu verlieren. Er drehte sich um und begann, die Strecke zum Zaun zurückzugehen. Das Mädchen schloss sich ihm an.

Nach einigen Schritten blickte Grant zurück. Das Pferd stand noch immer an seinem Platz, aber es sah ihnen nach.

»Dreh dich nicht um«, sagte sie und blickte geradeaus.

Trotzdem riskierte Grant noch einen weiteren Blick, aber nur aus dem Augenwinkel und eher auf das Mädchen als auf das Pferd. Wer war sie nur?

»Äh, entschuldige«, sagte er schließlich, um das Schweigen zu brechen, »aber sind wir uns schon mal begegnet?«

Sie lächelte, sah dabei aber noch immer geradeaus und ging weiter. »Ja, ungefähr ein halbes Dutzend Mal.«

Grant fühlte, wie seine Ohren zu glühen begannen. Er hoffte nur, dass sie das nicht bemerkte. Aber das tat sie wohl auch nicht, denn sie sah ihn ja nicht an. Ein halbes Dutzend Mal? Wem war er hier denn überhaupt schon mal begegnet, von dem halben Dutzend Mal ganz abgesehen? Averys Onkel hatte drei Kinder, ein Mädchen und zwei Jungen, Zwillinge. Aber die waren noch klein und er hatte sich bisher kaum um sie gekümmert.

Jetzt vernahm Grant hinter ihnen das Geräusch von vier Hufen im Gras.

»Ich bin Randi, Averys Cousine.«

Grant fühlte, wie ihm das Kinn herunterfallen wollte, aber er konnte es im letzten Moment verhindern. Das war Randi? Averys kleine Cousine Miranda, kurz Randi? Randi war doch noch ein kleines Mädchen, höchstens acht oder neun Jahre alt. Oder täuschte er sich da? Dann eben zwölf oder dreizehn. Na ja, auch egal, jedenfalls hatte er sie als kleines Mädchen in Erinnerung. Jetzt glühten seine Ohren wirklich!

»Randi! Oh, entschuldige bitte! Ich hab dich einfach nicht erkannt. Wie du vielleicht gemerkt hast, nehme ich an. Aber ich ... ich meine ... es ist auch so lange her. Seit wir uns zum letzten Mal gesehen haben, meine ich.« O Gott, Grant, hör bloß auf, so einen Scheiß zu reden. Aber wenn er jetzt aufhörte, würde es eine peinliche Pause geben. Und eine peinliche Pause wollte er auf keinen Fall. Also redete er weiter, ohne peinliche Pause. »Ich glaube, als ich das letzte Mal oder so mit Avery hier war, da warst du doch, glaube ich, gar nicht da. Oder?«

Was konnte er nur tun, um nicht weiter so einen Blödsinn zu reden? Sich den Mund zuhalten? Er presste seine Lippen zusammen, damit sie sich nicht weiter bewegen konnten.

»Macht ja nichts«, sagte sie. »Es ist gut möglich, dass ich letztes Mal woanders übernachtet habe. Und das Mal davor war ich vielleicht in Ferien. Ich weiß nicht mehr genau. Es kann also wirklich eine Weile her sein.«

Wie hatte ihm das bloß passieren können! Das war doch unmöglich! Wahrscheinlich hatte sie damals anders ausgesehen. Denn wenn sie so ausgesehen hätte wie jetzt, hätte er sich bestimmt an sie erinnert. Auf jeden Fall sogar. Und warum hatte Avery ihm nie erzählt, dass sie so toll war? Dafür würde er ihn umbringen!

Sie sprach weiter über das Pferd.

»Er heißt Snickers. Weil er so ein komisches Wiehern hat. Es hört sich an, als ob er kichert.«

Sie warf dem Pferd über die Schulter ein erstaunlich echt klingendes Wiehern zu. Grant riskierte einen kurzen Blick zurück und sah, dass Snickers seine Ohren aufstellte und seinen Gang beschleunigte.

»Und außerdem passt der Name auch zu seiner Farbe. Wie ein Schokoriegel.«

Snickers war ihrer Stimme gefolgt und steckte nun seinen Kopf zwischen ihnen durch.

»Und ziemlich süß ist er auch, was, alter Junge?« Sie streichelte den Kopf des Pferdes, der wie bei einem Schaukelpferd sanft zwischen ihnen auf und nieder nickte, und drückte ihre Wange an Snickers Wange.

»Snickers ist wirklich ein schöner Name«, antwortete Grant. »Hast du ihn dir selbst überlegt?«

»Ja, zusammen mit meinem Vater. Er hat mir Snickers nämlich zum dreizehnten Geburtstag geschenkt.«

»Das ist ja ein Zufall, oder jedenfalls fast. Ich habe nämlich heute auch Geburtstag.« Was redete er nur für einen Blödsinn? Was hatte denn das Pferd, das sie zum Geburtstag bekommen hatte, mit seinem Geburtstag zu tun?

»Oh, wirklich? Dann herzlichen Glückwunsch, Grant. Möchtest du ihn mal reiten? Sozusagen als mein Geburtstagsgeschenk für dich. Er lässt nämlich nur jemand auf sich reiten, wenn ich es erlaube.«

Sie lächelte ihn wieder an. Sie lächelte überhaupt ziemlich viel. Und jetzt erinnerte er sich langsam wieder an sie und daran, dass sie immer schon dieses nette Lächeln hatte. Aber es kam ihm vor, als hätte sie früher eine Zahnspange getragen. Und dass sie ziemlich dünn war und immer aufgeschlagene Knie hatte. Aber jetzt wohl nicht mehr. Sie hatte ihn doch etwas gefragt; ob er reiten wollte. Oh, ja, reiten. Das hatte er ja ganz vergessen.

»Ja, klar. Ich würde ihn gern mal reiten. Ich hätte dich ja auch gefragt, aber Averys Onkel, also dein Dad, hat gesagt, ich sollte ihn ruhig nehmen. Ich wusste ja nicht ... dass du hier bist, ich meine, dass er dir gehört. Jedenfalls ... ich würde ihn sehr gern mal reiten.«

Während er das sagte, nahm sie ihm den Halfter aus der Hand und streifte ihn schnell über Snickers Maul. Dabei berührten ihre Finger seine Hand und Grant überlegte, ob sie das bemerkte.

In diesem Moment fiel ihm Avery wieder ein. Wo steckte der überhaupt? Der würde sich auch wundern, wenn er seine Cousine wiedersah. Oder vielleicht auch nicht. Wahrscheinlich nahm man die Leute gar nicht richtig wahr, wenn man mit ihnen verwandt war.

Grant hielt die Hand über die Stirn, um seine Augen vor

der Sonne zu schützen, und blickte den Horizont entlang. Er entdeckte Avery am anderen Ende der Weide. Er hockte auf dem weiß gestrichenen Zaun. Und neben ihm hockte noch jemand und hielt ein Pferd am Zügel. Grant kniff die Augen zusammen. Boh! Noch ein Mädchen! Wo kamen die bloß plötzlich alle her?

Grant lauschte auf das Knacken und Knistern der Äste und atmete den Duft des brennenden Zedernholzes tief ein.

Er saß, an einen Holzstapel gelehnt, auf dem Boden. Randi saß neben ihm, so nah, dass ihre Jeansjacke sein Sweatshirt berührte. Avery und Leigh Ann, Randis Freundin, saßen auf der anderen Seite des Lagerfeuers. Leigh Ann lachte sich über Averys Parodie auf einen Reklamesong halb tot. Aber Grant sagte gar nichts.

Sie waren zu viert ausgeritten, jeweils zu zweit auf einem Pferd, und dem kleinen Fluss gefolgt, der in der Nähe floss. Mit aufgekrempelten Jeans waren sie so lange darin herumgewatet und hatten flache Steine gesucht, bis ihre Füße im eiskalten Wasser ganz blaugefroren waren. Grant hatte angenommen, dass sie sie irgendwo auf einem Weiher oder einem kleinen See springen lassen würden. Stattdessen zeigte Randi ihnen, wie man die Steine über das flache, kurz gefressene Gras der Weide hüpfen lassen konnte. Schließlich machten sie auf einer freien Stelle ein Feuer und brieten zwei Pakete Würstchen.

Nachdem das Eis einmal gebrochen war, konnte man sich mit Randi gut unterhalten. Sie ging genau wie Grant in die achte Klasse. Allerdings war sie jünger als er, weil sie die erste Klasse übersprungen hatte, während Grant später eingeschult worden war; sein Vater hatte das so gewollt, damit er beim Sportunterricht im Vorteil war. Randi fand Fanclubs und Cheerleading reine Zeitverschwendung und interessierte sich darum für keins von beidem. Stattdessen machte sie Leichtathletik und Grant erzählte ihr daraufhin vom Schwimmen. Sie kamen zu dem Schluss, dass Leichtathletik und Schwimmen eine Menge gemeinsam hatten.

Auf dem Pferd hatte sie hinten gesessen, weil sie leichter war, und ihre Arme um Grants Hüfte gelegt. Es war das erste Mal überhaupt, dass ein Mädchen seine Arme um ihn legte. In diesem Fall hatte sie es natürlich nur getan, um sich festzuhalten, überlegte er – oder nicht? Dabei hatte sich ihr Körper so leicht angefühlt, als könnte sie sowieso nicht aus dem Gleichgewicht geraten. Grant hätte sie auch jetzt gerne fühlen wollen, sie berühren, ganz absichtlich, damit sie es auch merkte. Aber er wusste nicht, wie er es anstellen sollte.

Er nahm einen Stock aus dem Brennholzhaufen, den sie zuvor gesammelt hatten. Unter den Bäumen lagen eine Menge Äste, die im Winter durch den Wind und das Gewicht des Schnees herabgebrochen waren. Indem er mit dem Ast in den Flammen stocherte, lockerte er ein großes Stück Holz. Es brach heraus und blieb als rot und orange glühende Kohle liegen. Tausende Funken sprühten in den Nachthimmel. Da kein Wind wehte, stiegen sie senkrecht auf.

Diese Windstille war nichts Ungewöhnliches. Auch in Oklahoma legte sich der Wind gewöhnlich mit dem Sonnenuntergang. Aber Grant konnte sich sowieso nicht erinnern, dass den Tag über der Wind geweht hätte. Vielleicht war das ein Geschenk der Götter zu seinem Geburtstag. Zu diesem ganz besonderen Tag.

Randi zerpflückte mit den Fingern kleine Zweige und warf die Stücke ins Feuer. Jetzt ergriff er ihre Hand, hielt sie fest und zog sie zu sich herüber. So etwas hatte er sich bisher überhaupt nicht zugetraut, aber jetzt hatte er es einfach getan, ohne darüber nachzudenken.

Ihre Haut fühlte sich weich an, sogar unglaublich weich.

Viel weicher, als er jemals gedacht hätte, dass Haut sein könnte. Er drehte ihre Hand und merkte, dass sich auf ihren Innenflächen vom Umgang mit den Pferden und von der Arbeit im Stall Hornhaut gebildet hatte. Ihre Hand war also gleichzeitig weich und hart.

»Du hast eine lange Lebenslinie«, sagte er und strich leicht mit der Fingerkuppe daran entlang. In einer Zeitung hatte mal ein Artikel über Handlesen gestanden. Tja, wenn man doch in die Zukunft sehen könnte! Dann hätte er geahnt, wozu ihm dieser blöde Artikel jetzt genützt hätte und ihn sogar auswendig gelernt!

»Oh, wirklich?« Sie lehnte sich vor und ihr Körper drückte sich an seinen.

»Ja, guck doch mal. Sie verläuft ganz ohne Unterbrechung bis hinter deinen Daumen.«

»Tja, weißt du, manchmal denke ich darüber nach ... wegen meiner Mutter.«

Grant verstand, worauf sie anspielte. Randis Mutter war gestorben, als Randi noch klein war, kurz nach der Geburt der Zwillinge. Die genaueren Umstände kannte er allerdings nicht. Es war ein Autounfall oder etwas Ähnliches.

»Du vermisst sie sicher sehr, nicht wahr?«

»Ja, vor allem abends, wenn ich ins Bett gehe. Dann fühl ich plötzlich den Stein.«

»Was denn für einen Stein?«

»Ach, so nenne ich das eben. Es tut einfach weh, weißt du? So als ob du den ganzen Tag mit einem Stein im Schuh herumläufst. Immer wenn du den Fuß nicht belastest, wenn du irgendetwas anderes tust, dann vergisst du den Stein. Aber er ist trotzdem da. Und das Verrückte dabei ist, dass ich den Stein vielleicht sogar herausnehmen oder ihn wenigstens ein bisschen kleiner machen könnte. Aber das will ich gar nicht. Es tut sogar gut, sie zu vermissen. So als wenn man nach einem Lauf einen gezerrten Muskel dehnt. Das tut zwar weh, aber es ist ein angenehmer Schmerz.«

Grant schwieg einen Moment. »Ich werde meinen Großvater wohl genauso vermissen. Ich vermisse ihn jetzt schon.«

»Ist er krank?«

»Er ist in einem Pflegeheim. Ich glaube, er wird bald sterben. Wir haben früher sehr viel zusammen gemacht. Und weil meine Eltern immer gearbeitet haben, war ich als ich klein war in den Sommerferien immer bei ihm. Er hat mir Angeln beigebracht und Gitarrespielen und so.«

Sie streichelte seine Hand. »Weißt du, sterben, das gehört einfach dazu.« Sie legte ihren Kopf in den Nacken und sah den Funken nach, die sich mit der aufsteigenden Hitze in den Nachthimmel erhoben. »Ich vermisse sie, aber mein Leben geht trotzdem weiter. Und so ist es mit allem.«

Er verstand, wie sie das meinte: das Feuer und der kalte Windhauch, ihre Trauer und ihr unbeschwertes Lächeln. Gleichzeitig weich und hart. Irgendwie gehörte das alles auf eine geheimnisvolle Art zusammen, über die er im Moment nicht weiter nachdenken wollte. Er wollte einfach nur hier sitzen, zusehen wie das Holz verbrannte und ihre Hand halten. Und dabei hatte er das Gefühl, dass eines dieser schwelenden und glühenden Kohlenstücke in ihm weiterglomm.

Grant nahm sein Brot-Sandwich, das waren zwei Scheiben Brot mit einer Scheibe Brot dazwischen, in die andere Hand und schlug an den imaginären Korb über der Tür an der Treppe.

»Das Heim hat heute wieder angerufen, Bill.«

Die Stimme seiner Mutter drang aus dem Wohnzimmer, wo seine Eltern noch saßen, zu ihm herüber und ließ Grant auf der Treppe erstarren. Er spitzte die Ohren, um trotz der Musik, die sein Vater aufgelegt hatte, etwas hören zu können.

Der klare, glockenreine Klang, mit dem die Eiswürfel in das Whiskeyglas seines Vaters fielen, drang mit Leichtigkeit durch die Wand. Aber die Worte waren schlechter zu verstehen.

»Sie sagten, du hättest nicht zurückgerufen«, fuhr Grants Mutter fort.

Averys Eltern hatten Grant pünktlich wieder zu Hause abgesetzt. Als sie kamen, parkte der schwarze Mercedes seines Vaters in der Einfahrt. Er war also schon zurück.

»Herzlichen Glückwunsch zum Geburtstag, mein Sohn«, hatte sein Vater ihn an der Tür begrüßt. »Heute wieder mal Champion gewesen?«

Grants Laune war so gut, dass ihn das nicht einmal gestört hatte. Er hatte nur gelächelt und den Händedruck seines Vaters erwidert. »Das hoffe ich jedenfalls, Pa.«

Und dann kam die Präsentation. Das war jedenfalls das einzige Wort, das Grant dafür einfiel. Sein Vater hatte den Arm um ihn gelegt und ihn ins Wohnzimmer geführt. Nach einigem Vorgeplänkel über die Schule und die Schwimmmannschaft – ungefähr so wie vor der Verleihung eines Fernsehpreises – hatte er ihn zu seinem Sessel gerufen. Er hatte seine Aktentasche geöffnet und einen Umschlag von Nash, Brakeman & Hughes herausgezogen. Bevor er ihn öffnete und Grant den Inhalt überreichte, war er sogar aufgestanden.

Es war ein Scheck in Höhe von Zehntausend Dollar, der auf Grantham William Hughes ausgestellt und an ein Formular für interne Mitteilungen der Firma geheftet war. Darauf stand: An: Grant Hughes, Von: William H. Hughes, Datum: 21. April, Betrifft: Fünfzehnter Geburtstag. Einer Notiz in Maschinenschrift entnahm Grant, dass für ihn schon ein Termin beim Vermögensberater seines Vaters ausgemacht worden war. Das Schreiben endete: »Alles Gute, Pa.« Darunter standen die Buchstaben »whh:es«. Also ein Diktat von William H. Hughes, das Evelyn Stockwells getippt hatte.

Das war mal wieder typisch William Henry Hughes! Aber immerhin war er eigens aus Dallas zurückgeflogen, um Grant den Scheck persönlich zu überreichen. Und Grant wollte sich diesen Tag durch nichts in der Welt verderben lassen. Darum hatte er nur gelächelt, sich bei seinem Vater bedankt und gesagt, dass sich das ja nach einer ganz großen Sache anhörte. Dass er das Vertrauen seines Vaters in ihn zu schätzen wüsste und dass er bestimmt eine Menge dabei lernen würde. Er fand es selbst fast schon erschreckend, wie leicht er solche Sachen sagen konnte. Nach einer halbwegs höflich erscheinenden Zeitspanne hatte er sich dann verabschiedet, um sich ein Brot zu machen und ins Bett zu gehen.

Er war gerade auf dem Weg nach oben, als er das Gespräch seiner Eltern aufschnappte.

»Ich habe Evelyn doch gesagt, dass sie zurückrufen sollte«, antwortete sein Vater.

»Solche Anrufe kann Evelyn aber nicht für dich erledigen, Bill.«

Grant biss ein Stück aus seinem dreilagigen, weichen Sandwich heraus und kaute es lautlos.

»Was soll ich deiner Meinung nach denn tun? Etwa sämtliche Kläger und Zeugen und Sekretärinnen sich selbst überlassen, während ich da hinaustrabe, um mit den Schwestern zu reden?«

»Es ist mir ziemlich egal, was du tust. Ich will nur, dass du derjenige bist, der es tut.«

Grant schluckte die dicke weiche Brotmasse herunter.

»Sie wollen ihn an die Maschine hängen, bevor es noch schlimmer wird. Er braucht künstliche Ernährung und eventuell auch Beatmung. Diese Nachricht soll ich dir übermitteln und das habe ich hiermit getan.«

Einen Moment lang herrschte Stille, bis auf die Eiswürfel, die im Glas klingelten. Schließlich: »Gut, dann sollen sie es tun. Egal, was sie sonst noch sagen. Könntest du das bitte dieser ... wie heißt sie noch, die Schwester ... die Schwarze oder Braune oder sonstwie ...«

»Belle.«

»Ja, genau, Belle. Sag ihr bitte, ich möchte, dass das veranlasst wird.«

»Aha, dann werde also ich Belle morgen früh anrufen? Schön, dass du dir überhaupt die Mühe machst, ihren Namen auszusprechen. Also, ich rufe sie morgen an, um ihr etwas auszurichten.« Ihre Stimme hatte jetzt denselben kontrollierten Tonfall mit dem sie das Urteil über einen Angeklagten sprach, der mit gesenktem Kopf zwischen seinen Anwälten vor ihr stand.

»Ich werde Belle anrufen und sie bitten, hier in Zukunft keine Nachrichten mehr für dich zu hinterlassen. Ich werde ihr freundlich, aber unmissverständlich klarmachen, dass du dazu einfach zu selten zu Hause bist. Und dann werde ich Belle – du erinnerst dich doch an sie, das ist die nette Frau, die dreizehn Jahre lang deine Mutter gepflegt hat und sich jetzt um deinen Vater kümmert –, ja, ich werde Belle einfach Evelyns Durchwahl geben und deine Autotelefonnummer, deine Faxnummer und deine Direktwahl im Büro. Und ich werde ihr wünschen, dass sie in Zukunft mehr Glück hat, wenn sie dich im Büro anruft.«

Die Musik ging zu Ende.

»Er ist dein Vater, Bill. Es ist deine Verantwortung. Ich habe mit alledem nichts zu tun und ich gehe jetzt ins Bett.«

2

Nach und nach lichtete sich das schwarze Nichts und gab kaum merklich die grauen Umrisse des Teleskops frei, das vor Grants vorderem Fenster stand.

Seine Mutter saß bereits fertig angezogen im Wintergarten und nippte an ihrem Kaffee. Der schmiedeeiserne Tisch war von Zeitungen bedeckt.

Als er eintrat, sah sie erstaunt auf. »Was um Himmels willen machst du denn schon hier?«

Ihre Augen glitten an seinem Körper entlang, musterten ihn von der Brust über das zerrissene Knie seiner Jeans bis zu seinen nackten Füßen.

»Weißt du, Schatz, du siehst plötzlich wie ein richtiger Fünfzehnjähriger aus.«

»Ich muss mit dir reden, Ma.«

Grant setzte sich und sie schob die Blumen auf dem Tisch ein wenig zur Seite.

Wo waren jetzt all die Worte geblieben, die er sich die ganze Nacht über zurechtgelegt hatte? Er sah sie zwar noch vor sich, aber sie verschwammen vor seinen Augen. Sie schienen auf kleine Zettelchen geschrieben, wie in den chinesischen Glückskeksen und auf jedem Papierchen stand ein anderes Argument, das er vorbringen wollte. Aber irgendjemand hatte die Zettel durcheinander gebracht und jetzt hatte er keine Zeit mehr, um sie neu zu sortieren. Er holte tief Luft.

»Du darfst nicht zulassen, dass sie Großvater an die Maschinen hängen.«

Sie faltete ihre Zeitung zusammen und wartete darauf, dass er weitersprach.

»Ich bin wohl derjenige, der sich von Anfang an am meisten um Großvater gekümmert hat und darum habe ich bei dieser Entscheidung ein Wort mitzureden. Ich bin absolut dagegen, dass sie ihn an die Maschinen hängen. Er selbst würde das nämlich nicht wollen, da bin ich mir ganz sicher.«

»Grant, ist dir klar, dass er sehr bald sterben wird, wenn sie es nicht tun?«

»Ja. Aber es ist doch sowieso schon fast vorbei.«

»Es besteht aber die Möglichkeit, dass er eventuell wieder ein bisschen die Sprache zurückerlangt oder ein paar Bewegungen machen kann, wenn sie ihn am Leben erhalten.«

»Wozu soll er denn wieder sprechen können? Was soll er denn noch sagen? Und wozu soll er sich wieder bewegen können? Vielleicht um seinen Löffel selbst zu halten? Er hat sein Leben doch gelebt! Und jetzt ist es eben vorbei. Er hat eine Familie gehabt, er hat seine Frau geliebt ...«

Während er das sagte, sah Grant zur Seite. Es schien ihm, als ließe er schon allein durch diese Erwähnung Schlüsse auf sich selbst zu.

» ... er hat am Krieg teilgenommen, seinem Enkel gezeigt, wie man Rinder mit Brandzeichen markiert und wie man Gitarre spielt. Er wird niemals wieder gesund genug werden, um alles das wieder tun zu können. Der Tod ist ein Teil des Lebens und für Großvater ist es jetzt Zeit zu sterben. Das darf man ihm doch nicht einfach nehmen!«

Sie wartete noch einen Augenblick, aber mehr hatte er im Moment nicht zu sagen. Es war absolut nicht das gewesen, was er hatte sagen wollen. Seine eigentliche Argumentation stand noch irgendwo im Raum, flatterte auf den Papierchen herum. Aber diese hier war auch gut. Er hatte stark und entschieden geklungen. Er hatte sich genau wie sein Vater angehört.

Sie nahm einen Schluck Kaffee. »Du bist ein guter Anwalt, Grant. Ein Anwalt oder Advokat im wahrsten Sinn des Wortes, einer der für jemand spricht, der selbst nicht reden kann.« Sie nahm einen weiteren Schluck. »Und ich bin auch gar nicht unbedingt anderer Meinung als du.«

Er spürte, wie sich Erleichterung in ihm breit machte.

»Aber nicht ich habe den Anruf bekommen, sondern dein Vater. Und ich nehme an, du hast gehört, was ich gestern zu ihm gesagt habe. Sonst würdest du dir jetzt keine Gedanken darüber machen.«

»Bist du denn nun meiner Meinung oder bist du es nicht?«

»Ich bin vor allem nicht diejenige, mit der du verhandeln musst.«

Ihre Entscheidung stand also fest. Sie hielt sich heraus. In so einem Fall hatte es überhaupt keinen Sinn mehr, noch weiter zu bohren. Das hatte Grant mittlerweile gelernt.

»Dann muss ich also mit Pa sprechen. Ist er oben?«

»Er ist schon unterwegs nach Dallas. Morgenstund hat Gold im Mund.«

»Hat er denn wenigstens vorher im Heim angerufen? Damit sie wissen, was sie tun sollen?«

»Nicht dass ich wüsste. Aber das kann er von unterwegs aus jeder Zeit tun. Und über eins solltest du dir im Klaren sein, Grant. Wenn sie Großvater schon an die Maschinen angeschlossen haben, gibt es kein Zurück mehr.«

Grant nickte. Damit wollte sie ihm wohl sagen, dass er sich beeilen sollte. Aber das wusste er ja schon. Wenn Großvater einmal an die Maschinen angeschlossen war, konnte das Jahre im Koma bedeuten. Das war genau das, was er zu verhindern versprochen hatte. Und wenn Großvater wirklich an den Maschinen hing, waren alle anderen Lösungen ... hinfällig und nicht mehr durchführbar. Dann gab es für Grant keine Möglichkeit mehr, Großvater von den Maschinen zu befreien.

3

»Hallo?«

Grant war fast schockiert, dass diesmal nicht zuerst die Hotelvermittlung antwortete. Seit drei Tagen war er gewöhnt, dass das Telefon im Zimmer umsonst klingelte.

»Evelyn?«

»Die und keine andere.«

»Evelyn, hier spricht Grant. Ist er da?«

»Er ist da. Aber er ist beschäftigt«, fügte sie schnell hinzu.

»Evelyn, du musst mir unbedingt helfen. Ich dreh sonst noch durch.« Er warf einen Blick zum Hausmeister hinüber, der ihn von seiner gläsernen Loge aus beobachtete. Grant hatte in den letzten Pausen so oft von der dem Glaskasten gegenüber gelegenen Zelle telefoniert, dass sich der Hausmeister langsam wundern musste.

»Es tut mir leid, Junge, aber sie arbeiten an einem Einspruch, der unbedingt noch innerhalb ...«, Grant konnte sich vorstellen, wie sie jetzt auf ihre Armbanduhr sah, »... innerhalb der nächsten dreizehn Minuten nach Oklahoma City gefaxt werden muss.«

»Aber wann kann ich ihn denn erreichen?«

Stille. Dann: »Wir sind heute Nachmittag wieder im Büro. Normalerweise macht er Punkt vier Uhr eine Pause und erledigt die Rückrufe. Ich kann dich mit auf die Liste schreiben.«

»Ja gut, schreib mich bitte dazu. Aber nicht für einen Rückruf, sondern für einen Termin.«

Wieder herrschte Stille, aber Grant ließ sich nicht beirren. Diese Art von Entschlossenheit verstand sie nämlich. Und dann würde sie ihm helfen, wenn sie konnte.

Schließlich sagte sie: »Sechzehn Uhr. Pünktlich.«

Grant betrachtete sich im Rückspiegel des Taxis. Er hatte ein weißes Hemd und einen blauen Blazer angezogen. Solche Sachen trug er nur selten, aber seine Mutter sorgte dafür, dass er sie im Schrank hatte. Seine Mutter sagte immer, er habe ernste Augen. Und zum ersten Mal fiel ihm heute auf, was sie damit meinen konnte.

Auf dem Boden lag die Tüte eines mexikanischen Schnellimbisses und der Geruch erkalteter Maiskolben und gebratener Bohnen verursachte ihm Übelkeit. Bis in die Stadt war es gar nicht so weit und er hätte auch zu Fuß gehen können. Aber es war ein heißer Tag und er wollte nicht ins Schwitzen geraten. Er wollte auch nicht wieder das Fahrrad mit ins Haus nehmen. Und außerdem hatte er sich durch seine Mutter beim Schwimmen entschuldigen lassen. Ein bisschen hatte er eben doch dazugelernt!

Um der Übelkeit Herr zu werden, kurbelte er das Fenster herunter und streckte seine Nase wie ein Hund nach draußen. Es sah sicher komisch aus, aber es war weniger peinlich, als auf den Rücksitz eines Taxis zu kotzen!

Das Taxi hielt vor dem Gebäude von Nash, Brakeman & Hughes. Es war ein eleganter Büroturm, der sich über Grants Kopf hoch in den Himmel erstreckte. Grant wusste nicht, wie viel Trinkgeld er geben sollte, darum drückte er dem Fahrer eine Zehn-Dollar-Note in die Hand und sagte ihm, er könne den Rest behalten. Das war anscheinend viel zu viel und entlarvte ihn als Grünschnabel. Der Fahrer bewegte als Andeutung eines Nickens den Zahnstocher, den er zwischen den Zähnen hielt, einmal auf und ab, dann gab er Gas.

Als sich die verchromten Türen des Aufzuges vor Grant wie die Vorhänge einer Bühne öffneten, war es genau vier Uhr. Vor ihm erstreckte sich ein großer Raum, in dem Sitzgruppen mit Ledersesseln und Sofas standen. Hinter einem halbrunden

Tresen aus Granit, der sich in der Mitte des Raumes befand, saß eine Empfangsdame. Die vom Boden bis zur Decke reichenden Fenster gaben als Hintergrund den Blick auf die Stadt frei.

Gerade wollten sich die Aufzugtüren schon wieder schließen, aber Grant stellte im letzten Moment seinen Fuß dazwischen, stoppte sie und sprang aus dem Fahrstuhl.

An nahezu unsichtbaren Drähten hing eine Glasscheibe von der Decke herunter. In der oberen Reihe stand in bronzenen Buchstaben »Nash, Brakeman & Hughes« in derselben Schrift, die Grant vom Briefkopf des Geschäftspapiers kannte. Darunter folgten lange Reihen mit Namen.

Während Grant mit den Augen nach dem Namen seines Vaters suchte, stolperte er über den dicken Rand eines Orientteppichs. Er rang um sein Gleichgewicht und fand es erst wieder, als er sich auf Augenhöhe mit der Empfangsdame befand. Sie sah aus wie eine Frau aus der Modezeitung, mit geschminkten Wangen, glänzendem Haar und bunt angemalten Augenlidern.

»Kann ich Ihnen helfen?«

Er kannte die schnurrende Stimme vom Telefon.

»Mein Name ist Grant Hughes«, stellte Grant sich mit dünner Stimme vor. Dann räusperte er sich und versuchte es noch mal. »Mein Name ist Grant Hughes. Ich habe um vier Uhr eine Verabredung mit meinem Vater William Hughes.«

Sie zog eine Augenbraue hoch. »Ach ja, natürlich. Bitte nehmen Sie einen Augenblick Platz. Ich werde seiner Sekretärin sagen, dass Sie da sind.« Noch während Grant auf einen der Ledersessel zuging, drückte sie auf einen Knopf und schnurrte etwas in den Telefonhörer.

»Möchten Sie etwas trinken, während Sie warten? Vielleicht eine Cola?«

Seine Hände fühlten sich ziemlich leer an. Vielleicht war es gut, wenn er etwas mit ihnen festhalten konnte. »Ja, gerne. Eine Cola wäre genau das Richtige.«

Sie drückte auf einen anderen Knopf und rief jemand, der eine Cola bringen sollte. Offenbar hatte hier sogar die Empfangsdame noch eine Sekretärin!

Um halb fünf hatte Grant seine Cola schon längst ausgetrunken. Jetzt hielt er nur noch ein Glas mit schmelzenden Eiswürfeln in der Hand. Seine Hand fror dabei fast ein, aber es gab keine Beistelltische und Grant wusste einfach nicht, wohin damit.

An ihrem lauten Gang erkannte er, dass Evelyn über den Parkettboden in die Eingangshalle stampfte.

»Hallo, Junge! Wie geht es dir?« Ihre Stimme donnerte Grant entgegen, noch bevor er Evelyn sehen konnte, und er sprang genau in dem Moment auf, als sie um die Ecke bog.

Sie trug einen schwarzen Rock, eine schwarze Jacke und einen schwarz-weiß karierten Schal, den sie sich in einem seltsamen Knoten um den Hals gewunden hatte. Grant musste lächeln, als er sie sah. Er mochte Evelyn einfach gern.

»Komm mit«, sagte sie, drehte sich auf ihrem Gummiabsatz um und stapfte durch die Halle.

Grant folgte ihr im Abstand von zwei Schritten. In der Hand hielt er noch immer das Glas mit den Eiswürfeln und wusste nicht, wohin damit. Er versuchte, mit Evelyn Schritt zu halten. »Schön, dich zu sehen, Evelyn.«

»Schön, dich zu sehen, Junge«, antwortete sie, ohne sich umzudrehen.

Sie brachte ihn in das Eckbüro seines Vaters. »Ich werde ihm sagen, dass du hier bist.«

»Danke.«

»Mach's dir so lange gemütlich.« Damit war sie schon wieder aus der Tür.

In Ordnung, dachte Grant und sah sich um. Allerdings war es hier nicht allzu gemütlich. Ein riesiger antiker Schreibtisch, an dem Grants Vater üblicherweise saß, stand da auf seinen Füßen aus Kugeln und Tierklauen. Grant betrachtete die Adlerkrallen, die sich um eine Erdkugel als Beute klammerten. Außer einem Briefbeschwerer aus Kristall, unter dem nichts lag, und einer ledernen Schreibunterlage war der Schreibtisch völlig leer. Dahinter hing ein mit enormen Pinselstrichen und in grellen Farben gemaltes abstraktes Bild, das die ganze Wand bedeckte.

Auf der Konsole hinter dem Schreibtisch stand ein Familienfoto. Grant ging hinüber und nahm es in die Hand. Da saßen er, seine Mutter und sein Vater zusammen vor dem Kamin. Die Ecke des Flügels ragte ins Bild. Obwohl sie Kaschmir-Pullover trugen, sahen sie irgendwie verfroren aus.

Jetzt klang die Stimme seines Vaters über den Flur.

» ... und lassen Sie den Einspruch gegen die neue Klage bitte durch Boten bis heute siebzehn Uhr einreichen.«

Grant stellte das Foto wieder hin und eilte zu den Sesseln, die dem Schreibtisch gegenüber standen. Jetzt kam sein Vater herein. Evelyn folgte ihm und machte sich dabei Notizen auf ihrem Block. »Denken Sie bitte auch daran, zur Information eine Kopie unserer Klage dazuzulegen ... Aha, mein Sohn! Was für eine angenehme Überraschung!«

Er klopfte Grant von hinten auf die Schulter, während er seinen Sessel ansteuerte. »Es freut mich immer, wenn ich dich mal hier sehe. Und bitte vergewissern Sie sich, dass auch für den Richter eine Kopie dabei ist ...«

Er hing seine Jacke auf und weitete den Knoten seiner Krawatte ein wenig. »Mein Gott, Grant, du siehst ja auch schon wie ein Rechtsanwalt aus. Beste Voraussetzungen, nicht wahr, Evelyn?«

Evelyn warf ihm über den Rand ihrer Lesebrille nur einen

Blick zu. In dem Moment, als sie den Raum verließ, kam eine Sekretärin herein. In der Hand hielt sie einen Stapel Telefonnotizen, die sie Grants Vater über den Tisch reichte.

»Die Wichtigen liegen zuoberst, es sind Senator Boone und John Wiggins. Soll ich sie für Sie anwählen?«

»Stellen Sie sie durch, wenn Sie sie erreicht haben. Es stört dich doch nicht, Grant, wenn ich während deines Besuchs ein paar Telefonate führe?«

Grant wollte gerade antworten, dass es ihn nicht störte, aber sein Vater wartete seine Antwort gar nicht erst ab.

»Und schicken Sie mir bitte Lisa herauf, wenn sie eine Minute Zeit hat. Unser Gespräch wird sie ja nicht stören.«

Die Sekretärin schloss die Tür hinter sich, sodass Grant jetzt mit seinem Vater allein war. In diesem Moment fiel ihm das Glas mit den Eiswürfeln in seinen Händen wieder ein und er merkte, dass seine Finger schon ganz taub waren. Er klemmte das Glas zwischen die Knie und rieb sich die Finger an seiner Hose, um wieder etwas Gefühl in ihnen zu bekommen.

Sein Vater lehnte sich in seinem Sessel zurück und verschränkte die Arme hinter dem Kopf. Das grelle Gemälde bildete jetzt eine Art Rahmen um ihn.

»Na, mein Sohn, heute wieder mal Champion gewesen?«

»Tja, Pa, hm, also ich bin jedenfalls hier, um etwas Wichtiges mit dir zu besprechen.«

»Ach, tatsächlich?« Sein Vater klang angenehm überrascht.

»Ja, es geht um ein paar wichtige Entscheidungen.«

»Darum, ob du im nächsten Schuljahr als Klassensprecher kandidieren sollst? Oder überlegst du, ob du im Sommer jobben willst?« Er schwang sich mit seinem Stuhl nach vorne und lehnte sich über den Schreibtisch Grant entgegen. »Du weißt, mein Sohn, dass ich dir für den Sommer eine Stelle bei mir verschaffen kann. Du könntest Akten abheften oder Botengänge erledigen, im Kopierraum helfen oder in der Bibliothek. Es gibt nichts Besseres, als ein Geschäft von Grund auf kennenzulernen. Ich wünschte, ich hätte damals die Möglichkeit gehabt, die du jetzt hast …«

Ein leises Brummen unterbach ihn. Sogar das Telefon hörte sich hier elegant an.

Grants Vater drückte auf einen der vielen Knöpfe.

»Mr. Hughes«, klang die Stimme aus dem Lautsprecher, »Lisa ist hier.«

»Schicken Sie sie herein. Wie ich schon sagte, Grant, du würdest wirklich eine Menge davon mitbekommen, wie es in einer großen Kanzlei abläuft …«

Während sein Vater sprach, öffnete sich die Tür und eine Frau, die offensichtlich Lisa war, kam herein. Sie hatte kurze blonde Locken und Ohrringe, die bis auf ihre Schultern herab reichten.

»Hallo, Mr. Hughes.« Sie winkte ihm zu.

»Hallo, Lisa.« Er zwinkerte Grant zu, als wäre »Hallo« ein Scherz unter Eingeweihten.

An einem Gurt trug Lisa einen großen, dünnen Koffer über der Schulter und in der Hand einen Kosmetikkoffer. Ohne weiter auf Grant oder seinen Vater zu achten, begab sie sich auf die eine Seite des Schreibtischs und öffnete den großen Koffer. Sie klappte einige Streben aus und Grant stellte fest, dass es sich um eine Art tragbaren Tisch handelte. Dann öffnete sie den Kosmetikkoffer und zog eine breite Palette von Scheren, Flaschen und Nagelfeilen hervor. Sie setzte sich Grants Vater gegenüber auf einen Stuhl, knöpfte seine Manschetten auf, krempelte die Ärmel zurück und tauchte seine Hände in eine cremige Lösung.

Grants Blick wanderte von der Hand seines Vaters über seinen Arm zu seinem Gesicht. Dabei bekam er erst mit, dass sein Vater die ganze Zeit weitergesprochen hatte.

» ... über einen Ferienjob nachzudenken, und zu überlegen, wie das wohl wäre, eines Tages mit dem alten Herrn zusammenzuarbeiten, als Kanzlei Nash, Brakeman, Hughes & Hughes. Nicht wahr, mein Sohn?«

Grant nickte kaum merklich, obwohl er das eigentlich gar nicht wollte. Aber er wusste nicht, was er sonst tun sollte. Es wurde Zeit, dass er diese Unterhaltung auf das Eigentliche zurückbrachte, sonst war sein Termin gleich vorüber, ohne dass er etwas erreicht hatte.

»Äh, Pa«, begann er. »Ich wollte mit dir über etwas ganz anderes reden ... eigentlich.« Er setzte dieses »eigentlich« hinterher, damit es nicht allzu hart klang.

Lisa nahm inzwischen die eine Hand aus der Lösung und tauchte die andere hinein. Sie trocknete die erste Hand ab und begann, die Nägel zu feilen. Das Kratzen klang ziemlich laut und Grant musste ebenfalls lauter sprechen.

»Eigentlich bin ich zu dir gekommen, weil ich mir Sorgen um Großvater mache.« Endlich, das war ja mal ein Anfang!

»Also, Grant, ich weiß dass du dir Sorgen um deinen Großvater machst. Aber das musst du nicht. Er hat die besten Ärzte der Stadt. Wir werden den alten Knaben noch eine ganze Weile am Leben halten.«

»Das ist es ja gerade, Pa.« Kratz, kratz, kratz. »Es geht nicht darum, wie man ihn am Leben halten kann. Ich finde, wir sollten mal darüber nachdenken, ob ...«

Brumm, brumm, brumm.

Sein Vater hob die Hand, die er gerade einweichte, aus der Flüssigkeit, nahm einen Bleistift und drückte mit dem Radiergummiende auf den Knopf des Telefons.

»Senator Boone ist in der Leitung«, tönte es aus dem Lautsprecher.

»Entschuldige bitte, Grant, aber du hörst ja, der Senator«, sagte er, während er mit dem Radiergummi einen anderen

Knopf drückte. Dann tauchte er seine Hand wieder in die Lauge. »Hallo, Bob! Wann treffen wir uns endlich mal zu dem Tennismatch, das du mir noch schuldest?«

Das Gespräch mit dem Senator verlief äußerst glatt. Er fiel nicht mit der Tür ins Haus, wollte nicht mit dem Kopf durch die Wand, wie Grant es gerade versuchte. Wo lernte man nur, so aalglatt zu sein?

Während sein Vater sprach, beobachtete Grant Lisa, die weiter mit der Feile die Nägel seines Vaters bearbeitete. Einen kurzen Moment trafen sich ihre Blicke. Sie hatte kluge Augen.

»Entschuldige bitte die Unterbrechung, mein Sohn. Also, wir sprachen gerade über deinen Großvater. Du machst dir Sorgen.«

»Ja, ich mache mir Sorgen, aber nicht über das, was du vielleicht meinst ...«

Brumm, brumm, brumm.

Sein Vater hob wieder die eine Hand aus der Flüssigkeit, während Lisa an der anderen weiterfeilte.

»John Wiggins ist auf Leitung drei, Sir.«

Er drückte auf Leitung drei. »Wiggins, alter Junge, wann schlagen wir endlich mal die achtzehn Löcher, die du mir schon lange versprochen hast?«

Dasselbe wie vorher. Männergespräche, Clubgerede. Grant fand Lisa wesentlich interessanter als diesen Anruf. Sie trocknete die seifige Lösung ab und griff wieder zur Nagelfeile.

»Tut mir leid, Grant, das war John Wiggins. Der Vorsitzende der Chemtech. Du weißt schon, einer der wichtigsten Kunden der Kanzlei. Aber fahr doch bitte fort, ich höre. Also, du sprachst gerade über deinen Großvater.«

Kratz, kratz, kratz. »Ja, genau, von Großvater.« Grant holte tief Luft. »Und von den Maschinen. Ich finde, du solltest nicht zulassen, dass ...«

Während er sprach, wurde die Bürotür geöffnet, und er

sah, dass sein Vater aufblickte. Auch Grant wandte sich um. Eine Sekretärin stand in der Tür.

»Ich weiß, dass Sie keine weiteren Anrufe erwarten, aber Richter Emerson ist am Apparat. Ich dachte, ich sollte Sie lieber warnen, bevor ich Sie verbinde. Er ist auf Leitung vier.«

Grant wandte sich wieder seinem Vater zu. Er war entschlossen, sich nicht mehr unterbrechen zu lassen. »Pa, wegen dieser Maschinen, es ist wirklich wichtig, dass wir darüber ...«

Sein Vater entzog Lisa beide Hände und machte Grant ein Zeichen wie ein Schiedsrichter, der ein Spiel anhält. Dann nahm er den Telefonhörer auf. Es war das erste Mal überhaupt an diesem Tag, dass er den Hörer in die Hand nahm. Die anderen Anrufe hatte er über den Lautsprecher des Telefons erledigt.

»Richter Emerson? Ja, Bill Hughes hier. Was kann ich für Sie tun, Euer Ehren? Natürlich, zu Ihrer Verfügung. Ja, in zwanzig Minuten passt mir sehr gut. Selbstverständlich, Sir.«

Er drückte einen weiteren Knopf und sprach sehr lebhaft. »Evelyn, Emerson erwartet uns in zwanzig Minuten. Die andere Seite ist auch schon unterwegs. Hört sich nach einem großen Tamtam wegen der Informationen für die Geschworenen an. Sag Morrison Bescheid, der hat sie zusammengestellt, und bring bitte die Verteidigungsakte und die Untersuchungsakte mit. Wir treffen uns«, er sah auf seine Armbanduhr, »in zehn Minuten, um zehn vor fünf, am Aufzug.«

Er legte auf und wandte sich zu Lisa. »Schaffen Sie es in zwei Minuten?«

Sie nickte und begann, schneller zu feilen.

»Also Grant, du siehst ja selbst, ich muss leider Schluss machen. Richter Emerson ist bei unserem morgigen Fall unser vorsitzender Richter. Ich muss in zwanzig Minuten in seinem Büro sein und wir brauchen zehn Minuten, bis wir da sind. Wenn du willst, kannst du uns gerne begleiten. Für einen jungen Mann, der sich für Jura interessiert, ist das sicher sehr anregend. Außerdem könnte ich dich Richter Emerson vorstellen – was ich natürlich äußerst gern täte.«

Nein. Er durfte seinem Vater in dieser Beziehung auf keinen Fall falsche Hoffnungen machen. »Ich glaube, lieber nicht.«

»Ganz wie du willst. Und wegen dieser Sache mit Großvater ... ich habe dir sehr genau zugehört, dass du meinst, wir sollten gut darüber nachdenken und es genau besprechen. Aber das müssen wir gar nicht, mein Sohn. Es ist schon für alles gesorgt. Ich habe heute mit dem Heim telefoniert.«

In Grants Kehle steckte plötzlich ein Kloß.

»Ich habe ihnen gesagt, dass sie alles tun sollen, was ihnen richtig erscheint. Künstliche Ernährung, Beatmung und so weiter. Es gibt nichts mehr zu überlegen und nichts mehr zu besprechen. Es ist alles erledigt.«

Grants Mund wurde trocken. So trocken wie Lisas Wattebäusche.

»Und du sollst dir schon gar keine Sorgen machen. Denk an dein Schwimmteam und an deine Noten und daran, ob du nächstes Jahr Klassensprecher werden willst ...«

»Pa! Pa!«, unterbrach ihn Grant. »Haben sie es etwa schon getan?« Seine Stimme zitterte, während er versuchte, seine Gefühle im Zaum zu halten, wobei er nicht wusste, ob sie aus Angst oder Ärger bestanden.

»Was? Ob sie was schon getan haben?« Für seinen Vater war die Sache offenbar abgeschlossen, so wie man einen Aktendeckel schließt. Jetzt wendete er sich dem nächsten Termin in seinem Kalender zu.

»Ob sie ihn schon an die Maschinen angeschlossen haben!« Grant stützte seine Hände auf den Schreibtisch und lehnte sich seinem Vater entgegen. Er fühlte, wie eine Adrenalinwelle seinen Körper ergriff und ihn einige Zentimeter aus dem Sessel hob. »Haben sie das schon getan?« Es war fast ein Schrei; ein verzweifelter Schrei. »Haben sie das wirklich schon getan?«

Sein Vater sah ihn an, ja, sah ihn zum ersten Mal heute wirklich an, während er mit aufgestützten Händen über dem Schreibtisch hing. Ein merkwürdiger Ausdruck überzog sein Gesicht. Es war ein Gesichtsausdruck, den Grant bei seinem Vater noch nie gesehen hatte. War es die Überraschung? So als ob er jetzt erst bemerkte, dass Grant hier war und er sich zu erinnern versuchte, warum? Oder war es Ärger, weil er nicht die leiseste Ahnung hatte, was ihn zu diesem Ausbruch veranlasste? Oder Sorge? Ja, das war es wohl. Sein Vater war besorgt, was um alles in der Welt Grant so aufgebracht hatte. Und jetzt würde er Grant nach dem Grund dafür fragen und mit ihm darüber reden.

Aber in diesem Moment glitt der Blick seines Vaters kurz hinab und wieder hinauf. Grant musste ihm nicht folgen, um zu wissen, wohin sein Vater geblickt hatte. Er hatte gegen die Armbanduhr seines Vaters verloren.

»Dass sie was schon haben? Ihn schon angeschlossen haben? Tja, mein Sohn, das weiß ich im Moment auch nicht genau.« Es war seine übliche Alles-klar-Stimme.

Aha. Er drückte sich also um die Auseinandersetzung. Er musste nur diesen Moment hinter sich bringen und dann so tun, als wäre überhaupt nichts geschehen. Klar. Das war der schnellste Weg, um die Sache abzuhaken.

Grant fühlte, wie der Adrenalinschub nachließ. Sein Körper sank langsam in den Sessel zurück, während sein Vater ihn abfertigte.

»Sie haben nur gesagt, dass sie ihn anschließen werden, wenn es nötig wird, mehr nicht.« Er wandte sich an Lisa. »Länger als eine Minute kann ich Ihnen wirklich nicht mehr geben, Lisa. Und dann muss ich weg.«

»Ich bin so gut wie fertig, Mr. Hughes«, sagte sie und griff nach einem Poliertuch aus Wolle.

Die Sekretärin erschien wieder, stellte die Aktentasche von Grants Vater neben die Tür und nahm die Anzugjacke vom Garderobenständer. Sie hielt ihm die Jacke hin, während Lisa seine Ärmel herunterkrempelte und die Manschettenknöpfe schloss.

»Danke, Lisa. Vielen Dank, Carolyn. Carolyn, bitte geben Sie Lisa das Geld.« Er stand auf und ließ sich von Carolyn in die Jacke helfen.

»Es hat mich wirklich gefreut, dass du vorbeigekommen bist, mein Sohn. Du kannst mich jederzeit wieder besuchen. Denk doch mal über den Ferienjob nach, und bis ... ja, wohl nicht bis heute Abend, denn ich werde hier wegen der morgigen Verhandlung noch lange zu tun haben, aber bis bald.«

Grant blieb sitzen. Er sah zu, wie Lisa ihre Utensilien einpackte und den Tisch zurück in den Koffer faltete. Dann verschwand auch sie.

Er legte seine Stirn auf die polierte Schreibtischplatte. Jetzt erst bemerkte er, dass er noch immer das Glas mit den schmelzenden Eiswürfeln zwischen den Knien hielt. In dem braunen Wasser schwammen nur noch ein paar übrig gebliebene Klümpchen. Der Rest war geschmolzen, zerronnen, und so gut wie unsichtbar. Genauso fühlte er sich auch.

Das Gehen tat ihm gut, das Ausschreiten und der gleichmäßige Rhythmus. Immer wieder erschien vor dem zuletzt gesetzten Fuß der nächste. Die neuen Blätter der Platanen waren schon alle da und die Allee, die die Bankinhaber und Ölbarone der Gegend gepflanzt hatten, überdachte die Straße mit einem kühlen, grünen Gang. Die Bäume schienen ihm leise zuzuflüstern, als er vom Büro seines Vaters zu Fuß nach Hause ging.

»Grant, Junge! Was ist denn los, dass du mich von meinen Leuten wegrufen lässt?«

»Ich muss mit dir reden, Belle. Ich muss es wissen.«

»Was musst du wissen?«

»Ob er an den Maschinen hängt.«

»Nein, noch nicht. Aber bald. Dein Papa hat heute mit den Ärzten gesprochen und jetzt warten wir nur noch ihre Anweisung ab. Was hoffentlich schnell geht, denn ohne schafft er es nicht mehr lange.«

Sie schwiegen beide einen Moment.

»Wie geht es ihm?«

»Es geht ihm schlechter, Junge. Manchmal atmet er fünfzehn Sekunden lang nicht. Ich weiß es, weil ich gerade drin war und mitgezählt habe. Man zählt unwillkürlich mit, weißt du? Also, Junge, ich muss jetzt zurück zu meinen Leuten. Ich kann dir nur eins sagen: Ich weiß sowenig, wie es weitergeht, wie über mein eigenes Schicksal.«

Grant wartete darauf, dass sie noch etwas sagte.

»Der Geliebte des Herrn wird sicher sein. 5. Buch Moses, 33.12.«

In dieser Nacht saß Grant an seinem Sekretär. Er stützte die Unterarme an die Kante, damit seine Hände nicht zitterten. Mit einer Rasierklinge schlitzte er die rot-gelben Kapseln über Großvaters Brief auf. Nach jeweils drei oder vier Kapseln hielt er das Papier über eine kleine schwarze Plastikdose, in der Filme verkauft werden, und schüttete das Pulver hinein.

Er hatte die Kapseln entdeckt, als er mit seinen Eltern im Skiurlaub war. Da sein Vater jeden Abend vor dem Schlafengehen eine einnahm, hatte Grant ihn gefragt, ob er krank sei. Daraufhin hatte es einen Streit gegeben. Seine Mutter hatte gesagt, dass sein Vater offenbar ein Problem hatte, wenn er die Kapseln auch im Urlaub brauchte. »Das ist doch nicht der

Rede wert«, hatte sein Pa geantwortet. »Das ist ziemlich normal und kommt häufig vor, das hat auch mein Arzt gesagt. Bei dem Stress, den ich immer habe.«

Nachdem sie wieder zu Hause waren, schlich Grant sich eines Morgens zum Schrank seines Vaters. Er wusste, dass die Medikamententasche dort stets fertig gepackt stand, auf dem Regal neben dem Stapel sorgfältig gefalteter Pullover. Er nahm, oder ehrlicher gesagt: stahl die orangefarbene Plastikröhre und schloss sie in das Geheimfach des Sekretärs. Es war nie die Rede von ihr, worüber er froh war. Wahrscheinlich dachte sein Vater, er hätte sie auf der marmornen Ablage irgendeines Nobelhotels vergessen.

Damals hatte er die Kapseln nur gestohlen, um für alle Fälle gerüstet zu sein. Es erinnerte ihn daran, wie Randi die Übergabe beim Staffettenlauf beschrieben hatte: »Du musst sofort reagieren. Sobald du den Stab in der Hand hast, rennst du los, noch bevor der andere Läufer dich erreicht hat.« Das war alles gewesen. Damals.

Grant schob die leeren Plastikhüllen zusammen und zählte sie. Dann trug er sie auf dem Brief ins Bad und kippte sie in die Toilette.

Während er beobachtete, wie die bunten Bruchstücke im Wasser kreisten und schließlich verschwanden, tauchten andere Bruchstücke in seiner Erinnerung auf.

Avery: »Ich hatte schon Angst, du würdest deine ASCHA verpassen.« »Meine was?« »Deine ASCHA. A-S-CHA. Absolute Super-Chance.«

Harland, der Pflege-Schüler: »Ich dachte schon, er hätte überhaupt niemand. Umso besser, wenn es so einen netten Enkel wie dich gibt, der sich um ihn kümmert.«

Der Trainer: »Du musst lernen, dass du auch für etwas Gutes möglicherweise die Konsequenzen tragen musst.«

Seine Mutter: »Ich würde das geltende Gesetz anwenden.«

Erstaunlich, wie unbedeutend ihm auf einmal das Recht war. Das war ja noch das geringste Problem an der ganzen Sache.

Belle: »Ich war hungrig und ihr habt mir zu essen gegeben. Ich war durstig und ihr habt mir zu trinken gegeben. Ich war krank und ihr habt mich besucht.«

Sein Vater, als er ihn das erste Mal in seinem Zimmer besuchte: »Man kann eine Menge erreichen, wenn man das Vertrauen der Leute hat.«

Grants eigene Stimme: »Großvater hat mich mal gefragt, ob ich ihm helfe.«

Dann die Antwort seines Vaters, als er ihn zum zweiten Mal besuchte: »Dann kann ich nur hoffen, dass du ihn nicht allzu lange hast warten lassen. Er muss ziemlich in der Klemme gewesen sein.«

Das letzte Bruchstück verschwand.

Grant versenkte die Filmdose in seinem Rucksack, unter allen Büchern. Ab sofort wollte er sie lieber bei sich tragen.

4

Die nächsten vier Wochen kamen Grant vor wie eine Fahrt auf der Achterbahn. Allerdings nicht wie auf einer modernen Achterbahn, sondern wie auf einer alten mit hölzernen Rädern, wo man durchgeschüttelt wird und mit den Knien an die Verkleidung der kleinen Wagen knallt.

Großvater hatte sich als wesentlich zäher erwiesen, als vorauszusehen gewesen war. Sein Zustand war ein ständiges Auf und Ab: Zuerst ging es ihm besser, dann wieder schlechter, wieder besser und wieder schlechter. Dabei wurde er zunehmend blasser und reagierte immer weniger. Und trotzdem hatte sein Körper sich bisher immer wieder erholt, sodass die Maschinen noch nicht herangezogen worden waren.

Die künstliche Ernährung stellte sich als das geringste Problem von allen heraus. Er schluckte sogar noch halbwegs selbst. Aber seine Atmung ging unregelmäßig und schwer. Die Verordnung »Beatmung, wenn erforderlich« hatte der Arzt schon lange erlassen. Aber bisher war die Maschine nur ins Zimmer gerollt und an Großvaters Kopfende aufgestellt worden. Sie stand da wie eine lauernde Krake, mit Knöpfen und Schaltern als Gesicht und Schläuchen als Armen. Aber Grant lag auch auf der Lauer. Er hielt den Beatmungsapparat im Auge, wachsam auf die ersten Anzeichen einer Bewegung achtend.

Seit dem Besuch im Büro seines Vaters, seit dem Fußweg nach Hause und dem Anruf bei Belle war mittlerweile ein Monat vergangen. Innerhalb dieses Zeitraums konnte Grant sich nur an zwei Gelegenheiten erinnern, bei denen er an etwas anderes gedacht hatte. Das waren die beiden Tage, an denen er Randi gesehen hatte.

Das eine Mal war er mit Avery und seiner Familie zu einem Leichtathletik-Wettkampf gefahren, an dem sie teilnahm, und einmal war Randi über das Wochenende in die Stadt gekommen. An jenem Samstag hatte er sie mit zu Großvater genommen und ihm nur gesagt, dass er jemand mitgebracht hatte. An ihrer Stimme sollte Großvater dann erkennen, dass dieser Jemand ein Mädchen war – wenn er noch hören konnte, woran Grant fest glaubte. Großvater sollte wissen, dass er eine Freundin hatte.

Ansonsten verschwammen die Tage ineinander und vergingen viel zu schnell, als dass man sie hätte unterscheiden können.

Langsam näherte Grant sich dem Gipfel dessen, was er für den letzten Berg des Widerstands hielt, den er zu überwinden hatte. Er fühlte, dass er sich von der Kraft, die ihn bisher zurückgehalten hatte, befreien und sie zu seiner eigenen Kraft umformen musste. Durch seine eigene Überzeugung war er bis hierher gekommen und es gab kein Zurück mehr. Und dann war es wenigstens vorbei.

5

Es war zwei Uhr nachts. Grant stand im Dunkeln unter der Dusche und ließ sich heißes Wasser auf den Nacken prasseln.

Ihm platzte vor Schmerzen fast der Kopf und immer wieder stiegen vor seinem geistigen Auge Algebragleichungen aus dem Wasserdampf auf. Aber es war zwecklos. Er konnte sich an keine einzige Formel erinnern. Was sollte das Ganze denn auch? Gab es einen vernünftigen Grund, warum er nach morgen Nachmittag noch eine davon wissen sollte?

Morgen, Mittwoch, war sein letzter Schultag in der Mittelschule. Dann war er frei. Zwar noch nicht offiziell – offiziell endete die Schule erst nach der Entlassungsfeier am Donnerstagvormittag. Aber praktisch gesehen war morgen Nachmittag alles vorüber.

Normalerweise war der letzte Tag im Schuljahr der Schönste, wegen der Vorfreude auf die Ferien und dem ganzen langen Sommer, der vor einem lag. Aber an all das hatte er diesmal noch gar nicht gedacht.

Er stellte das Wasser noch heißer. So heiß, dass seine Haut krebsrot wurde. Und so heiß, dass es schon brannte.

Großvater ging es wieder einmal schlechter.

Zwischen seinen Besuchen an den Samstagen rief Grant mittlerweile regelmäßig bei Belle an und erkundigte sich, wie es ihm ging. An diesem Morgen hatte sie ihm mitgeteilt, dass Großvater gegen Ende der Woche künstlich beatmet werden würde, wenn sich keine Besserung mehr einstellte. Und so, wie es bisher verlaufen war, bestand diese Chance immer.

Diesmal glaubte Grant allerdings nicht daran. Die Atmung hatte sich deutlich verändert. Nur mit Mühe presste die Lunge die Atemzüge hinein und heraus. Es war ein dünnes Geräusch, noch weniger als ein Keuchen, eher wie ein Pfeifen. Wie Bergleute, die in der Tiefe einer Mine eingeschlossen sind, und sich durch Pfeifen bemerkbar zu machen versuchen.

Die Sonne schien hell auf den Sekretär am anderen Ende des Zimmers. Zu seiner Überraschung hatte Grant tatsächlich geschlafen. Jetzt fühlte er sich ausgeruht und frisch. Und fit für die Prüfung, was noch überraschender war.

So wie er es seit dem Tag getan hatte, an dem er die Filmdose in seinem Rucksack versenkt hatte, kontrollierte Grant auch an diesem Morgen, ob sie noch an ihrem Platz unter dem Mathematikbuch lag. Dann machte er sich auf den Weg zur Schule. Er war früh dran, denn er hatte noch ein bisschen Zeit zum Wiederholen haben wollen und außerdem ging er ja zu Fuß. Mit seinem BMX-Rad fuhr er schon lange nicht mehr. Seine Beine waren zu lang geworden, was ihn aber nicht störte, denn er fühlte sich sowieso zu alt dafür.

Mit den Fingern strich Grant sich die Haare aus dem Gesicht. Das hatte er inzwischen so oft getan, dass seine Finger ganz fettig davon waren. Er wischte sie an seiner Jeans ab und griff nach seinem Füller. Er beantwortete schnell die letzte Frage, dann schob er sorgfältig seine Notizblätter unter die Arbeit und sah zur Wanduhr.

Es war elf Uhr. Eine ganze Stunde war noch Zeit, aber er war schon fertig. Er hätte alles noch einmal in Ruhe durchgehen können. Es gab einiges, wo er sich nicht ganz sicher war – aber er ließ es bleiben.

Er heftete die Blätter an einer Ecke mit einer Klammer zusammen und schob sie über das Lehrerpult. Grinsend signalisierte er mit dem Daumen ein stummes »Okay« zu den neidvollen Augenpaaren, die ihm nachblickten, als er den Raum verließ.

Zum letzten Mal warf Grant einen Blick in sein leeres Schließfach. In der Halle herrschte tiefe Stille. Aber Grant fühlte sich plötzlich so befreit, dass er nicht widerstehen konnte und die Tür des Fachs mit einem ordentlichen Schwung zuknallte. Es war vorauszusehen, dass sich gleich darauf die Tür eines Klassenzimmers öffnete. Grant wartete geradezu darauf. Wie eine Schildkröte, die ihren Kopf aus dem Panzer reckt, steckte Crowder den Kopf heraus. Wer konnte während der Abschlussarbeiten eine solche Ungeheuerlichkeit begangen haben? Grant machte ihm ein eindeutiges Zeichen, dann warf er sich seinen vom Gewicht der Bücher befreiten Rucksack, in dem sich jetzt nur noch Stifte, das Ringbuch und die Filmdose befanden, über die Schulter. Er hatte es hinter sich.

Die Kirche zu »Unserer lieben Frau« war eine katholische Kirche. Grant hatte sie oft vom Bus aus gesehen, wenn er samstags zum Heim fuhr. Mehr wusste er auch nicht.

Die schwere Holztür öffnete sich knarrend und ließ das Geschrei der Ball spielenden Kinder ein. Grant blickte sich um. Der Altarraum wurde durch eine Reihe Fenster von Licht durchflutet. Jeder Zentimeter Wand war mit Stuckborden und Gips-Engeln verziert. Es sah fast aus wie eine Hochzeitstorte. Das war alles andere als die bedrückende Dunkelheit, die er erwartet hatte.

»Beichtgelegenheit Montag, Mittwoch und Freitag von 11.00 Uhr bis 13.00 Uhr und von 17.00 Uhr bis 19.00 Uhr«, stand auf einem Schild, das sich an einer Art hölzernem Schrank befand, der in einer Nische stand. Grant hatte nicht gewusst, dass es dafür bestimmte Zeiten gab.

Ob der Priester drinsaß? Woran konnte man das erkennen? Und wie ging es, wenn sich schon jemand bei ihm befand?

Er drückte sein Ohr an die Rückseite des seltsamen Kastens, der seiner Meinung nach eher wie ein Verschlag aussah, und horchte angestrengt, wie auf ein Lebenszeichen, aber er konnte nichts hören. Er sah sich kurz um, ob ihn auch niemand beobachtete. Aber außer ihm befanden sich nur noch zwei alte Damen in der Kirche, die in den vorderen Bänken knieten. Er holte tief Luft, dann schob er den schwarzen Vorhang beiseite und trat ein.

Es war ein enger, kleiner Raum, der von einer einzigen Kniebank komplett ausgefüllt wurde. In einem Kerzenhalter an der Wand brannte eine Kerze. Von der anderen Seite eines geflochtenen Gitters vernahm Grant das Atmen und die Bewegungen eines weiteren Menschen.

Er kniete sich hin und sah erst einmal geradeaus. In das Holz waren Inschriften geritzt: »J.Q. + S.R. = Love.« Die war wohl schon ziemlich alt. »Der Pfarrer ist ein Arschloch«, »Alles Scheiße« und »Leck mich.«

Er räusperte sich. »Sir«, flüsterte er, »ich weiß nicht, wie ich anfangen soll.«

»Du beginnst mit: Vater, ich habe gesündigt«, antwortete eine geduldige alte Stimme leise.

»Vater, ich habe gesündigt«, wiederholte Grant.

»Wie lange liegt deine letzte Beichte zurück?«

»Sie ... sie liegt etwa fünfzehn Jahre zurück.«

»Bist du katholisch, mein Sohn?«

»Nein. Macht das etwas aus?«

»Nein, mir jedenfalls nicht.«

Grant fuhr mit der Hand in seinen Rucksack, holte die Filmdose hervor und umklammerte sie fest mit den Fingern.

»Mein Sohn, was bringt dich hierher? Hab Vertrauen, du kannst mir alles sagen.«

»Ich glaube nicht an Gott.«

Einen Moment lang herrschte Stille. »Bist du deswegen gekommen?«

»Nein.«

»Weswegen denn?«

»Ich bete jeden Abend für meinen Großvater, dass er im Schlaf stirbt.«

»Dann glaubst du also doch an Gott?«

»Nein, ich glaube nicht an Gott. Ich bete nur.«

»Ist es das, was du beichten möchtest?«

»Nein.«

»Dann sprich weiter.«

»Ich habe Tabletten in meiner Tasche.«

»Wofür?«

»Mein Großvater hat mich gebeten, ihm zu helfen – ihm beim Sterben zu helfen.«

Wieder Stille. Grant umklammerte die Filmdose noch fester.

»Das Leben ist ein großes Geschenk, mein Sohn.« Angesichts dessen, was Grant gerade gesagt hatte, klang die Stimme noch immer sehr freundlich.

»Das weiß ich.«

»Aber es ist kein bedingungsloses Geschenk. Es enthält Aufträge.«

»Aufträge?«

»Ja, zum Beispiel: Seid fruchtbar und mehret euch. Oder: Macht euch die Erde untertan. Oder auch: Du sollst keinen Gott haben neben mir, oder: Liebe deinen Nächsten wie dich selbst. Aber auch: Haltet euch bereit, denn ihr wisset weder Tag noch Stunde. Gott behält sich vor, zu entscheiden, wann ein Menschenleben zu Ende ist. Das Leben ist ein heiliges Geschenk. Nur Gott gibt es und Gott nimmt es auch.«

»Aber ich glaube doch nicht an Gott.«

»Vielleicht meinst du nur, dass du nicht an ihn glaubst.«

Wieder herrschte Stille.

»Dein Großvater ist also krank?«

»Ja, sogar sehr krank. Und er leidet schrecklich.«

»Leiden kann einem Menschen viel Kraft geben. Denk nur an unseren Herrn am Kreuz. Durch sein Leiden hat er uns erlöst. Oder denk an jemand anderen, der gelitten hat, jemand anderen als deinen Großvater. Kennst du jemand?«

Der Priester wartete. Grant dachte an Randi. »Ja, ich kenne jemand.«

»Gut, dann will ich dir etwas über diesen Menschen sagen. Er oder sie ist ein sehr starker Mensch. Gerade deswegen, weil dieser Mensch gelitten hat.«

Grant antwortete nicht, er dachte nach. Er dachte, dass der Priester Recht hatte.

»Weißt du, mein Sohn, das Leiden ist ein Teil des göttlichen Plans. Gott hat die Welt nicht vollkommen gemacht. Er hat eine Welt geschaffen, in der es auch das Schreckliche gibt, den Satan, das Böse – wie auch immer du es nennen willst. Es ist ein Teil seines Plans. Aber das Leiden erlöst uns.«

»Von was erlöst es uns?«

»Von dem Bösen, von uns selbst. Von allem Leid.«

»Leiden erlöst uns vom Leid?«

»Ja.«

»Was spricht sonst noch dagegen?«

»Eine ganze Reihe Gründe.«

»Dann nennen Sie sie mir! Ich will sie alle hören. Jeden Grund, der Ihnen einfällt.«

Nach einem kurzen Moment fuhr der Priester fort. »Also, neben vielem anderen ist es doch auch ziemlich überheblich, so zu denken. Darf ein einfacher Mensch eine solche Entscheidung überhaupt treffen? Hat er wirklich eine solche Macht, selbst über das Leben? Das ist doch dumm und eingebildet.«

»Und weiter?«

»Das Leben ist nicht wie eine Klassenarbeit, die du auch früher abgeben kannst. Gott erwartet gar nicht, dass du deine Aufgaben perfekt bewältigst, aber er erwartet, dass du deine Arbeit zu Ende schreibst. Aber wenn du zu früh abgibst, hast du alles verdorben. Du fällst durch.«

»Was noch?«

»Was würdest du denn noch sagen?«

Grant schwieg. Er dachte nach. »Ich würde sagen, ich bin auch der Ansicht, dass das Leben ein Geschenk ist«, sagte er schließlich. »Aber es ist eben ein Geschenk, das Großvater ganz allein gehört – nicht Ihnen, nicht mir und auch nicht der Kirche. Und er kann ganz allein entscheiden, was er mit diesem Geschenk anfangen will.

Ich kann nur sagen, mein Großvater ist sehr krank und meiner Meinung nach macht ihn das Leiden nicht mehr stärker. Dazu ist er schon viel zu krank. Und mir gibt sein Leiden auch keine Kraft. Es macht mich nur traurig.

Vielleicht ist es ja überheblich, aber mein Großvater denkt nun mal so. Er ist ein sehr stolzer Mensch. Ich weiß nicht, ob das ein schlechter Charakterzug ist. Sie sagen doch, Gott hat dem Menschen Herrschaft über die Welt aufgetragen. Vielleicht hat er damit ja auch gewollt, dass wir Entscheidungen treffen. Vielleicht jedenfalls.

Und möglicherweise ist es ja sogar einfacher, die Klassenarbeit nicht zu früh abzugeben und jede Sekunde zu nutzen, um die Antworten noch mal durchzulesen. Manchmal ist es doch viel schwieriger einzusehen, dass man schon fertig ist. Und dann besteht die echte Herausforderung darin, den richtigen Zeitpunkt zu finden, um zu gehen.«

Eine Weile saßen sie sich schweigend gegenüber. Schließlich ließ Grant die Filmdose in seinen Rucksack zurückgleiten.

Er zog die Lederriemen des Rucksacks zusammen. »Ich

danke Ihnen«, sagte er. »Sie werden es vielleicht nicht glauben, aber Sie haben mir wirklich geholfen.«

»Du hast es mir nicht gesagt, weil du vorsichtig bist, mit dem, was du sagst, aber ich merke es dir an: Du hast deine Entscheidung getroffen.«

Grant antwortete nicht.

»Ich möchte dir nur noch eine Frage stellen«, fuhr der Priester fort. »Wirst du dein Leben in Frieden weiterführen können, wenn du das tust, was du vorhast?«

»Das ist es ja, was ich mich jede Nacht frage. Oder so ähnlich jedenfalls.«

Jetzt war es der Priester, der schwieg.

»Jede Nacht ...« Die Worte blieben ihm im Hals stecken, sodass Grant Schwierigkeiten hatte, sie hervorzubringen. »Jede Nacht frage ich mich, ob ich den Rest meines Lebens in Frieden verbringen werde, wenn ich es nicht tue.«

Wieder war es still. »Bevor du gehst, mein Sohn«, sagte der Priester dann, »möchte ich dir noch etwas erzählen. Es ist eine Geschichte, aber keine Bibelgeschichte. Und auch keine Parabel mit einer tieferen Wahrheit. Es ist eine einfache, wahre Geschichte aus meiner eigenen Familie.

Ich komme aus Kentucky. Ich wuchs außerhalb der Stadt auf einer Farm auf. Ich war von zwölf Geschwistern der einzige Junge. Kannst du dir das vorstellen? Die Nummer sieben, genau in der Mitte. Und verwöhnt wie nur was, wie du dir denken kannst. Meine Mutter starb, als sie meine jüngste Schwester zur Welt brachte. Daraufhin kam die Mutter meiner Mutter, also meine Großmutter zu uns, um uns großzuziehen.

Als ich zwölf Jahre alt war, wurde meine Großmutter krank. Ich weiß nicht genau, was sie hatte. Wir nannten es damals einfach Altersschwäche. Wir bereiteten ihr auf unserem rosa Sofa in der Stube ein Plätzchen. Da lag sie nun und war bei uns, wenn wir kamen und gingen. Aber sie hatte immer starke Schmerzen.

Eines Tages kam der Arzt aus der Stadt in seinem Wagen herausgefahren und gab ihr eine Spritze. Es war wohl Morphium. Und es half. Denn nach der Spritze schlief sie ein.

Aber schon bald kam er immer öfter, erst jeden zweiten Tag und dann jeden Tag. Und meine Großmutter schlief immer mehr und immer mehr. Schließlich wachte sie gar nicht mehr auf.

Trotzdem kam der Arzt auch weiterhin, um ihr eine Spritze zu geben. Manchmal auch zwei Spritzen, zweimal am Tag. Und wir sahen, wie sie in immer tieferen Schlaf sank, da auf ihrem rosa Sofa. Das einzige, was sich noch an ihr bewegte, war ihr Brustkorb. Er bewegte sich hoch und runter. Und jeden Tag hob er sich ein bisschen weniger, bis wir uns hinknien und genau hinsehen mussten, ob er sich überhaupt noch bewegte. Und dann bewegte er sich eines Tages nicht mehr.«

Grant, der schon mit dem Rucksack auf der Schulter an die Kniebank gelehnt stand, hatte aufmerksam zugehört. Er wartete noch einen Augenblick, bis er sicher war, dass der Priester zu Ende gesprochen hatte. »Glauben Sie, der Arzt hat sie mit dem Morphium umgebracht?«

»Ich weiß es nicht.«

»Oder hat er sie einschlafen lassen?«

»Ich weiß es nicht.«

»War es denn eine Sünde?«

»Auch das weiß ich nicht. Oder doch: vielleicht.«

»Warum haben Sie mir diese Geschichte erzählt?«

»Ich kann es dir nicht sagen. Ich wollte einfach, dass du sie einmal hörst. Und ich möchte, dass du noch etwas weißt: Ich habe meine Großmutter geliebt. Sie war für mich wie meine eigene Mutter.« Die Stimme des Priesters wurde rau. »Und als es vorbei war, habe ich gebetet. Aus Dankbarkeit.«

Als Grant die schwere Tür öffnete und in den Sonnenschein hinaustrat, beschlich ihn das sichere Gefühl, beobachtet zu werden. Er drehte sich um und sah neben dem Beichtstuhl einen Priester in schwarzer Kutte stehen. Er sah sehr alt aus und sehr freundlich, genau wie Grant ihn sich vorgestellt hatte. Jetzt fiel ein Sonnenstrahl in seine Augen. Sie glänzten feucht. Indem er Grant weiterhin ansah, hob er seinen Arm und bewegte ihn von oben nach unten und von einer Seite auf die andere.

War das ein Segen oder eher ein Gebet für seine verlorene Seele?

Die folgende Nacht verbrachte Grant im Baumhaus. Das hatte er noch nie zuvor getan und er wusste auch nicht, wie er es überstehen würde. Aber so warm in seinen Schlafsack gemummelt, fand er es noch nicht einmal unbequem.

Die Sterne konnte er zwar nicht sehen, aber er wusste, dass sie hinter der Kuppel aus Blättern am Himmel standen. Sie erhellten die mondlose Nacht für Grant gerade soviel, dass er die Äste über sich hin und her schwingen sah.

Man konnte genau erkennen, nach welchem System sie wuchsen. Sie gabelten sich zuerst in die eine Richtung, dann in die andere. Die Gabel wurde schließlich selbst zu einem Ast und gabelte sich wieder. Hier nach links, da nach rechts – immer abwechselnd. Bis in die kleinsten Ästchen seiner Krone gabelte sich der Baum in einem fort. Immer wieder in eine andere Richtung. Es gab so viele verschiedene Wege in den Himmel.

Grant dachte an die Sommernächte, in denen er mit Großvater draußen geschlafen hatte; sie beide ganz allein in ihren Schlafsäcken, Seite an Seite, auf dem harten, rostroten Sandboden. Gute Nacht, Kamerad.

Sie waren Kameraden. Davon hatte er dem Priester nichts

erzählt. Er hätte es vermutlich auch nicht verstanden. Das konnte niemand verstehen, der sich nicht wenigstens einmal an Großvaters starke Brust gedrückt hatte, die nach Leder und frischem Heu gerochen hatte. Und niemand, der nicht seine Geschichten gehört hatte und dabei in den Schlaf gewiegt worden war.

Ein Kamerad löst einen ab, wenn man den halben Tag am Ende der Herde geritten ist und den aufgewirbelten Dreck gefressen hat. Ein Kamerad knüpft ein Seil vom einen Sattelknopf zum anderen, damit man, wenn man den Anschluss an die Herde verliert, ihn wenigstens zusammen verliert. Ein Kamerad erschießt für dich dein Pferd, wenn es sich ein Bein gebrochen hat. Und ein Kamerad sägt dir eigenhändig den Fuß ab, wenn du in eine Wolfsfalle geraten bist.

Kameraden machen eben alles füreinander. Und Punkt.

6

Die Abschlussfeier war vorüber und auf dem Weg in die Stadt ließ Grant sich von seinen Eltern vor dem Heim absetzen. So sanft, als führe er nicht auf Reifen sondern auf schwarzen Samtkissen, rollte der Mercedes in eine Haltebucht. Grant stieg aus, klopfte aber auf der Seite seiner Mutter noch einmal an das Fenster. Es glitt lautlos herunter.

»Wollt ihr eigentlich nicht auch mal wieder mitkommen?«, fragte er, während er seinen Kopf in das Auto reckte. »Ihr könntet Großvater doch mal kurz besuchen und ... äh ... hallo sagen.«

»Das würde ich wirklich gerne tun, Schatz«, antwortete seine Mutter. »Aber in einer halben Stunde habe ich eine wichtige Vorverhandlung.« Sie sah zu seinem Vater hinüber. »Und dein Vater ist auch sehr in Eile.« Sie streichelte seinen

Pony hin und her. »Wie wäre es, wenn wir Großvater am Wochenende besuchen? Wir alle zusammen?«

Er nickte. Das würde wohl sowieso der Fall sein. Wenn auch anders, als sie es erwartete.

»Tschüss, Schatz«, rief seine Mutter ihm noch durch das geöffnete Fenster zu, während sie lächelte und winkte. »Das war ein ganz großer Tag in deinem Leben! Wir sind sehr stolz auf dich!«

Grants Blick glitt durch das Zimmer und hakte im Geist die Dinge ab, die er benötigte. Die gefüllte Wasserkaraffe, ein Glas, den Löffel und einen Strohhalm. Die Tür zum Flur konnte ruhig offen bleiben. Sie waren ja daran gewöhnt, dass er hierher kam und Großvater fütterte und versorgte.

Er öffnete die Vorhänge, damit Großvater durch die gestärkten weißen Laken die warmen Sonnenstrahlen fühlen konnte. Dann sah er nach den Pflanzen auf der Fensterbank und goss sie.

Er stellte das Kopfende des Bettes aufrecht, dann schob er das Gitter herunter, setzte sich auf den Rand der Matratze und betrachtete Großvaters Gesicht.

Seit neuestem befanden sich unterhalb der Augen tiefe dunkle Ringe. Die weißen Bartstoppeln ragten dagegen wie Stacheln aus der Haut.

Er war wach, das erkannte Grant an der angestrengten Atmung. Wenn er schlief, rasselte seine Brust nicht so stark. Außerdem zuckten um seine Augen und seinen Mund Andeutungen von Mimik.

Grant ergriff Großvaters Hand und erinnerte sich dabei, wie schwer ihm sogar das vor neun Monaten gefallen war. Aber jetzt gab es so viel, was er Großvater noch sagen musste. Und schließlich begann er.

»Weißt du was, Großvater?«, sagte er mit sanfter Stimme

und streichelte dabei Großvaters Hand. »Ich habe heute die achte Klasse abgeschlossen. Ja, jetzt habe ich die Mittelschule hinter mir. Ich dachte, das interessiert dich bestimmt.«

Grant fühlte, wie die Tränensäcke unter seinen Augen plötzlich anzuschwellen begannen. »Und weißt du was? Ma und Pa sind zur Abschlussfeier gekommen. Ja, sogar Pa. Sie haben in der ersten Reihe gesessen.« Er griff nach einem Papiertuch und wischte sich die Nase. »Und natürlich haben sie viel zu lange geklatscht, als ich die Urkunde über das beste Zeugnis der Stadt bekommen habe.« Grant versuchte trotz seines Schniefens fröhlich zu klingen. »Aber was dann das Schlimmste überhaupt war: Während ich da oben stand, ist Ma plötzlich aufgestanden, mitten in der ersten Reihe, und hat alles mit der Videokamera gefilmt.«

Er griff nach einem weiteren Taschentuch. Seine Augen liefen jetzt fast über. Darum versuchte er, die Lider so weit wie möglich offen zu halten.

»Es war absolut peinlich, das habe ich ihr nachher auch gesagt. Aber sie hat nur geantwortet: Eltern sind nun einmal dazu da, ihre Kinder zu blamieren. Das weißt du doch, Grant.«

Er blinzelte, aber es gelang ihm einfach nicht, sich noch länger zu beherrschen. Eine Träne quoll über den Rand seine Lides. Er wischte sie mit seinem Ärmel ab und versuchte, weiterzureden.

»Warum sagen Eltern nur solchen Blödsinn? Das ist doch unglaublich! Und weißt du, was noch?« Er versuchte zu lächeln, obwohl ihm die Tränen jetzt in Strömen herunterflossen. »Du kennst ja Pa, mit seinem ewigen offiziellen Händedruck. Also, nachdem wir tausende Male Herzlichen Glückwunsch – Danke gesagt hatten, nimmt er mich ganz plötzlich und ohne Vorwarnung auf einmal in die Arme.«

Grant holte zitternd Luft. »Ich wusste überhaupt nicht,

was ich machen sollte. Ich habe dann auch meine Arme um ihn gelegt ... ich weiß auch nicht ...«

Ein Schluchzen wollte ihm entwischen, aber er konnte es halb zurückhalten und unterdrücken. »Wir haben uns wahrscheinlich früher auch schon mal im Arm gehabt. Oder auch öfter, als ich noch klein war, glaube ich jedenfalls. Aber ich ... ich kann mich einfach nicht mehr daran erinnern. Und als ich jetzt da stand, da habe ich gemerkt, wie wohl man sich dabei fühlt und wie ...«, er brauchte ein wenig, bis er es herausbrachte, »... und wie geborgen.«

Er saß auf der Bettkante, hielt die Hand seines Großvaters und ließ den Tränen der vergangenen neun Monate freien Lauf. Er hätte sie keinen Augenblick länger mehr zurückhalten können. Es war, als wüsste sein Körper, was kommen sollte, und entleerte sich im Vorhinein.

Und dann war es Zeit.

Grant fummelte eine Weile an den Bändern herum, bis er seinen Rucksack endlich geöffnet hatte und die kleine schwarze Filmdose herauszog.

Obwohl seine Hände zitterten, gelang es ihm, ein wenig Wasser in Großvaters Glas zu schütten. Dann öffnete er die Dose und kippte das Pulver hinein.

Er rührte es mit dem Löffel um, wobei er das Glas gegen das Licht hielt und beobachtete, wie die Lösung immer höher gegen die Ränder schwappte, wie Seegang bei einem Erdbeben. Dann drückte er das Glas gegen seine Brust, damit sich die Bewegung legte. Aber er spürte, wie sein Herzschlag es nun weiter aufwühlte.

»Du schaffst es, Hughes!« Er hörte die Stimme des Trainers, die ihn anfeuerte. »Du musst nur aufhören, auf dich selbst einzureden. Sag deinem Hirn, es soll das Maul halten und lass dich von deinem Körper leiten.«

Grant atmete tief durch, dann beugte er sich so weit zu Großvaters Ohr hinab, dass ihn die weißen Haare, die aus dem Ohr wuchsen, an der Nase kitzelten.

»Großvater«, flüsterte er, »ich habe dir etwas zu trinken gebracht ... wenn du es noch willst.«

Jetzt bewegten sich Großvaters Augen unter den geschlossenen Lidern nicht mehr. Daran merkte Grant, dass er ihn gehört hatte. Aber ihn nur zu hören, reichte noch nicht. Er musste ihn verstehen.

»Erinnerst du dich an den Jungen in der Geschichte, Großvater?« Die Geschichte. So viel Zeit schien vergangen zu sein, seitdem er die Kassette in den Rekorder eingelegt hatte und, in sein Bett gekuschelt, der Geschichte lauschte, die Großvater ihm ins Ohr flüsterte.

Grant öffnete den Reißverschluss an der Vordertasche seines Rucksacks und suchte darin herum, tastete nach der glatten Oberfläche eines harten Gegenstands. Es war einer der Steine, die Randi im Fluss gefunden und dann ihm gegeben hatte, um sie über die Weide springen zu lassen. Diesen hier hatte er verwahrt und seitdem immer bei sich getragen.

Grant betrachtete ihn auf seiner Handfläche und bemerkte, wie gleichmäßig grau dieser Stein war. Keine Farbschattierungen und keine Einschlüsse, ein absolut gewöhnlicher Stein. Nur Steine leben ewig.

Er drückte einen Kuss darauf, dann drehte er rasch Großvaters Handfläche nach oben und presste den Stein hinein. Einen nach dem anderen legte er Großvaters willenlose Finger darum. Schließlich schloss er seine Hand über der seines Großvaters und drückte sie fest zu – sehr fest sogar, damit Großvater den Stein spürte, damit er den Schmerz spürte. Und damit Grant selbst den harten Mittelpunkt in der Faust seines Großvaters spüren konnte.

Er atmete tief ein, dann fuhr er fort.

Indem er einen Arm hinter Großvaters Schulter schob, hob er seinen Kopf vom Kissen. Mit dem Glas in der anderen Hand, schob er den Strohhalm zwischen die trockenen Lippen.

»Hier ist es, Großvater.«

Großvaters Lippen schlossen sich um den Strohhalm und Grant sah, wie die Flüssigkeit darin aufstieg. Und sowie die Flüssigkeit im Strohhalm aufstieg, machte sich in Grant Panik breit. War er sich seiner Sache wirklich sicher? Wenn er sich jetzt nicht sicher war, war es im nächsten Augenblick schon zu spät!

Genau in dem Moment, als der erste Tropfen Flüssigkeit zwischen seinen Lippen verschwand, öffneten sich plötzlich Großvaters Augen. Für einen kurzen Moment gaben die Lider seinen glasigen Blick frei – wie der Blick eines Fisches, der gefangen und an Deck geworfen worden war und nun Grant anstarrte.

Grant ließ Großvaters Schultern los und sprang auf. Ein Schrei der Überraschung stieg in seinem Hals auf und er legte die Hand über den Mund, um ihn zurückzuhalten.

Er dachte noch an das Glas, sah es gegen Großvaters Brust fallen und die Flüssigkeit sich über das dünne Nachthemd ergießen. Jetzt rollte es an Großvaters Körper herunter, auf die Bettkante zu.

Grant griff danach, doch er wusste selbst, dass es schon einen Augenblick zu spät war.

Das Glas zerschellte auf dem Boden.

Jetzt würde bestimmt jemand kommen. Sicher hatte man es gehört und sie kamen herbei, waren schon auf dem Weg zu ihnen. Er hörte Schritte den Flur entlang laufen. Voller Panik sah Grant sich um. Er wusste nicht, was er tun sollte.

»Junge, du bist ja weiß wie die Wand!«

Es war Belle.

»Gott sei Dank war es ja nur das Glas. So etwas kommt immer mal wieder vor. Nun lauf und hol einen Besen. Aus der Abstellkammer am Ende des Flurs. Ich ziehe ihm in der Zeit etwas Trockenes an.«

Grant vermochte sich nicht vom Fleck zu rühren. Seine Augen fixierten Großvaters Gesicht. Es sah aus wie immer. Die Augen waren geschlossen, die Züge bewegungslos. Trotzdem, er hatte doch nicht geträumt? Oder doch?

Er sah auf Großvaters Hand, die willenlosen, gefühllosen Finger, die er um den Stein gelegt hatte. Sie waren zu einer festen Faust geschlossen. Großvater hielt den Stein jetzt also selbst fest! Er fühlte ihn, verstand, was er bedeutete!

Grant zog das Betttuch höher, damit Belle die Faust nicht sehen konnte. Und im gleichen Moment schien es ihm, als schaltete sein Körper wie die Kette an seinem Fahrrad in den nächsthöheren Gang.

»Vielen Dank, Belle, aber du hast doch sowieso genug zu tun. Ich kann ihn auch umziehen«, antwortete Grant. Er ergriff ihren Ellbogen und schob sie langsam zur Tür. »Ich habe den Schlamassel angerichtet, also kann ich mich jetzt auch darum kümmern.«

»Wenn du meinst! Es ist ja wirklich nicht so, als hätte ich nichts anderes zu tun. Also hier!« Belle öffnete den Wäscheschrank, nahm einen gefalteten Kittel heraus und reichte ihn Grant, der sie noch immer am Arm hielt. »Aber mach ihn nur ja hübsch trocken. Nicht dass er sich eine Lungenentzündung zuzieht!«

Als Belle gegangen war, schob Grant mit den Schuhen die Scherben des Glases zusammen. Aufwischen konnte er auch noch später. Er knüpfte die Bänder von Großvaters feuchtem Nachthemd auf, trocknete seine Brust mit einem Handtuch ab und zog ihm einen frischen Kittel an. Er hatte seinen Großvater schon oft umgezogen und die vertrauten Bewegungen wirkten beruhigend auf ihn.

Auch Großvater war ganz ruhig, doch den Stein hielt er fest umklammert. War er wieder bewusstlos? Schonte sein Körper seine Kräfte für den richtigen Moment?

»Großvater?«

Jetzt bewegte er die Lippen. Ob er versuchte zu sprechen? Grant beugte sich herab. Er sah, wie er kämpfte und alle seine Kräfte zusammennahm.

»Jetzt.«

Tatsächlich! Großvater hatte gesprochen! Seine Stimme war noch rauer, als Grant sie in Erinnerung gehabt hatte, aber sie war dennoch als seine Stimme zu erkennen.

»Soll ich weitermachen? Willst du trinken? Jetzt?«

Sein Kopf bewegte sich. War es ein Nicken? Oder die Andeutung eines Nickens? Grant war sich nicht sicher.

»Aber Großvater, du bist wach! Vielleicht wirst du wieder ganz gesund.«

Jetzt kam das Wort wieder und Grant wusste, dass er es zum letzten Mal hören würde. Der gesamte Atem war schon mit dem ersten Wort verbraucht worden. Und dieses hier kam von irgendwo her, von weit weg, wo es die allerletzten Kräfte aufbrauchte. Und ein Anflug von Zorn klang mit.

»Jetzt!«

Grant hatte noch Pulver. Für alle Fälle hatte er genau die doppelte Menge der notwendigen Dosis vorbereitet. Für fast alle Fälle – denn mit dieser Möglichkeit hatte er einfach nicht gerechnet. Es war sozusagen eine Zusatzdosis, wenn die erste Mischung nicht stark genug war. Er hatte in einigen Büchern gelesen, dass das passieren konnte.

Er zog die Dose mit dem übrigen Pulver aus dem Rucksack.

Das Glas war zerbrochen. Woraus sollte Großvater jetzt trinken?

Mit seiner Hand tastete Grant im Inneren seines Rucksackes herum und zog die Blechtasse seines Ur-Urgroßvaters hervor.

Die Schlüssel und das Kleingeld steckte er in die Hosentasche, dann goss er Wasser in die Tasse und schüttete das Pulver dazu. Diesmal schlug sein Herz nicht und auch seine Hände zitterten nicht. In aller Ruhe klopfte er den letzten Tropfen vom Löffel auf dem Rand der Tasse ab.

»Jetzt ist ein guter Augenblick, Großvater.«

Grant drückte die Tasse in Großvaters freie Hand, die Hand, die nicht den Stein umklammert hielt, und legte seine Finger rund um das kühle Metall, so wie ein Bettler seine Blechtasse hält. Zum ersten Mal innerhalb der neun Monate, in denen er regelmäßig hierher gekommen war, spürte er etwas in ihnen. Da war Leben! Zwar sehr zerbrechlich, aber etwa so wie im Winter der Saft der Bäume durch das Holz fließt, rann auch durch Großvaters Finger Leben, während er seine Tasse hielt. Erstaunt zog Grant seine eigene Hand weg.

Großvater hielt die Tasse jetzt ohne seine Hilfe.

Es war der Beweis einer unglaublichen Willensstärke. Und ein Beweis der tiefsten Liebe, wie Grant klar wurde. Großvater hielt die Tasse, damit er sie ihm nicht reichen musste.

Aber wie sollte er daraus trinken? Wo war der Strohhalm? Er musste unter das Bett gefallen sein, als das Glas zerbrach. Oder Belle hatte ihn weggeworfen.

Noch bevor Grant ein Ausweg einfiel, hob Großvater mit geschlossenen Augen die Tasse langsam an seine Lippen.

Grant beugte sich über Großvaters Gesicht, atmete dieselbe Luft ein, die Großvater ausatmete. Eine verspätete Träne rann Grants Wange entlang und tropfte in die Tasse, wo sie sich im selben Moment mit der Lösung vermischte. Dann trank Großvater.

Grant packte die Blechtasse und die Filmdose zurück in den Rucksack.

Er zog seine Schuhe aus, schlüpfte ins Bett und lehnte Großvaters Kopf an seine Brust. Er streichelte das dünne weiße Haar. Genauso hatte er sich früher an Großvater gelehnt, wenn er auf seinem Schoß im Schaukelstuhl auf der knarrenden Veranda gesessen hatte.

»Ich liebe dich, Großvater, und du wirst mir fehlen. Ich habe dich die ganzen neun Monate lang schon vermisst. Aber gerade jetzt, in diesem Moment vermisse ich dich am allermeisten.«

Es dauerte nur eine oder zwei Minuten, bis er eingeschlafen war. Grant erkannte das daran, dass das Rasseln seiner Atmung aufgehört hatte. Er gab Großvater einen Gute-Nacht-Kuss auf die Stirn.

Es dauerte noch etwa zwanzig Minuten, dann hörte auch das anhaltende Pfeifen auf, das seine Atmung während der letzten Tage begleitet hatte – das Pfeifen der eingeschlossenen Bergleute. Ob sie gefunden worden waren oder war ihnen einfach die Luft ausgegangen?

In diesem Moment entwich die Luft, die alte Luft, die seit wer weiß wie langer Zeit tief in ihm gesteckt hatte, mit einem Seufzer aus Großvaters Körper und seiner Lunge.

Und es war vorbei.

7

Zusammen mit seinen Eltern stand Grant an der Frachtstelle des Flughafens und sah zu, wie die Bestatter, die sogar bei dieser Arbeit schwarze Kleidung trugen, die Vorbereitungen zur Überführung trafen. Sie umhüllten den Sarg mit mehreren Schichten Luftblasenfolie, Fiberglas und Pappe. Er sah fast wie ein verpackter Kühlschrank aus. Erst im letzten Moment, als die Luftfracht-Arbeiter in ihren orangefarbenen Anzügen kamen, um den Sarg hinauszutragen, fragte Grant, ob er ihn begleiten konnte.

»Normalerweise geht das nicht«, antwortete ein junger Spanier, der genauso dunkle Augen wie Grant hatte. »Wobei das hier vielleicht ein besonderer Fall ist. Also gut, aber nur einer bitte. Wer ist der offizielle Begleiter?«

»Das bin ich.«

Grants Hand ruhte auf der Pappe mit der Aufschrift »Menschliche Überreste«, während er neben dem Gepäckwagen über das Rollfeld lief. Seine Eltern sahen von weitem zu.

Irgendwie passte der Lärm der Flugzeuge zu diesem Moment. Es war ein heißer, windiger Tag. Die Sonne spiegelte sich in den Kristallen des Bodenbelags und blendete Grant. Warum kam ihm das alles nur so bekannt vor? Lag es an dem gleißenden Licht, das ebenso hell reflektierte wie damals der Schnee, als Großvater Chaps zusah, wie der Stamm der Fox Brand Wandering Shadows Leiche fortbrachte?

An diesem speziellen Dock wurden noch eine Reihe anderer Güter verladen. Diese Frachtstücke verstauten die Arbeiter in den leuchtend orangefarbenen Anzügen zuerst.

Jetzt gaben sie ihm ein Zeichen und Grant ließ seine Hand zum letzten Mal über die Pappe streichen, dann trat er zur Seite. Die Männer schoben die Kiste auf den Lastenaufzug und Grant beobachtete, wie sie langsam im Flugzeug verschwand.

Das Flugzeug erzitterte, dann rollte es langsam rückwärts.

Von seinem Fensterplatz aus sah Grant den Flugsteig, der sich allmählich entfernte, und dahinter die Landschaft, über die der Wind fegte. Eine einzige Wolke stand am Himmel. Sie musste in aller Eile ein paar Tropfen Regen versprüht haben, denn das Fenster war mit Punkten aus rotem Oklahoma-Staub bedeckt. Der Staub war im Inneren der Tropfen gefangen gewesen und blieb nun zurück, nachdem das Wasser verdunstet war.

Am Flughafen in Portland warteten eine Tante und ein Onkel aus Großmutters Familie auf ihn – und natürlich auch ein Bestattungsunternehmen. Die Beerdigungsfeier hatten sie schon hier abgehalten. In Oregon sollte Großvater jetzt nur noch beigesetzt werden. Das war auch der Grund, warum seine Eltern nicht mitkamen, obwohl Grant diesen Teil der Beerdigung für den wichtigsten überhaupt hielt. Aber letztlich war er dann doch ganz froh gewesen, dass es so ablaufen sollte.

Seine Darstellung von dem, was passiert war, kam der Wahrheit ziemlich nahe. Er hatte seinen Eltern erzählt, dass er Großvater Wasser geben wollte, und ihm dabei das Glas hingefallen sei. Vielleicht habe es am Geräusch des zerschellenden Glases gelegen, das Großvater gehört habe, auf jeden Fall habe er für einen kurzen Moment die Augen geöffnet und sogar etwas gesagt. Keine Ahnung, was. Völlig überrascht habe Grant ihm dann mehr zu trinken gegeben, diesmal aus der Blechtasse, weil gerade nichts anderes greifbar gewesen sei. Und zu seinem allergrößten Erstaunen habe Großvater die Tasse selbst gehalten. Dann habe Grant noch eine Weile bei ihm gesessen, weil er jetzt nicht gehen wollte. Aber Großvater habe nichts mehr gesagt und sei eingeschlafen. Später sei er dann hinausgegangen, um Besen und Kehrschaufel für das zerbrochene Glas zu holen. Und als er zurückgekommen sei, sei Großvater tot gewesen.

Als er das erzählte, hatte seine Mutter ihn durchdringend angesehen. Vor allem, als er die Blechtasse erwähnte. Aber sie hatte nichts gesagt.

»Vielleicht war es so das Beste«, hatte sein Vater gemeint,

was Grant ironisch fand, wenn man bedachte, dass er immerhin derjenige gewesen war, der die Erlaubnis für die künstliche Beatmung gegeben hatte; denn nur ohne diese Erlaubnis wäre es wirklich »so« passiert. Jetzt hatte er ja leicht reden. Es war passiert und die Gefahr, dass sein Terminplan durcheinander geriet, weil er sich über Großvater Gedanken machen musste, bestand nicht mehr. Nachdem ihm das klar war, hatte Grants Wut auf seinen Vater nachgelassen. Jetzt tat er ihm eigentlich nur noch Leid.

Als Grant Belle erzählte, wie Großvater aufgewacht war, sagte sie: »Das war sein Engel, Junge. Er hat ihn geweckt, um ihn heimzubringen.« Sie hatte es schon oft erlebt, dass jemand noch mal zu sich kam, bevor er starb.

Avery sagte so gut wie gar nichts. Sie spielten nur den ganzen Abend zusammen Basketball, obwohl dieser Tag auch Averys letzter Schultag gewesen war, und er genauso gut irgendwo hätte feiern können. Bis lange nach Mitternacht klang der Aufprall des Balles auf den Zement noch durch die Nachbarschaft.

Zusammen mit Averys Familie war auch Randi zur Aussegnung gekommen. Auf dem Kirchhof nahm sie ihn vor allen Leuten, sogar vor seinen Eltern, in die Arme und flüsterte ihm etwas ins Ohr. Von allen Anwesenden war sie die Einzige, der er jemals etwas würde erzählen können. Zwar noch nicht jetzt, aber irgendwann einmal.

Zu Grants Freude kamen noch einige andere Gäste zur Beerdigungsfeier, viele Mitglieder des Heimpersonals, darunter auch Harland, der Pflegeschüler, und natürlich Belle. Sie trug Handschuhe und einen blaugrauen Hut, der ihr ausgezeichnet stand. Es war das erste Mal, dass Grant sie ohne Schwesternschürze sah. Sie war so hübsch und so elegant. Warum war ihm das bisher eigentlich noch nie aufgefallen?

Einige Angestellte von Nash, Brakeman & Hughes nahmen

ebenfalls teil. Auch Evelyn war dabei und die Sekretärin von Grants Vater. Außerdem war Vidella gekommen und sogar der Trainer, was Grant sehr nett fand. Und Dill, der Gehilfe, der noch immer in dem Wagen auf der Farm lebte. »The Rocking H« hatte Großvater in seinem Testament Grant vererbt und Grant hatte schon mit Dill abgemacht, dass er dort wohnen bleiben konnte, so lange er wollte.

Außer Grant und dem Bestatter hatte niemand etwas von dem Stein erfahren. Nachdem Großvater gestorben war, hatte Grant seine Arme genommen und so vor seiner Brust gefaltet, dass die Hand mit dem Stein zuunterst lag. Er hatte noch das Laken über ihn gebreitet und dann erst Belle geholt.

Bevor der Bestatter kam, riss Grant ein Blatt aus seinem Ringbuch, schrieb etwas darauf und schob es unter Großvaters Kittel. Auf dem Zettel stand: »Sehr geehrte Damen und Herren, wer auch immer die Leiche meines Großvaters versorgt, bitte ich, ihm in jedem Fall den Gegenstand in seiner Hand zu lassen. Er gehört zu einer sehr persönlichen Angelegenheit, die nur meinen Großvater und mich etwas angeht, und ich möchte, dass er bei ihm bleibt. Vielen Dank! Grant Hughes, Enkel des Verstorbenen.«

In der Leichenhalle, wo Großvater aufgebahrt war, hatte Grant überprüft, ob der Stein noch da war, indem er die kalten, wächsernen Hände kurz anhob. Sie waren so steif, dass er sie kaum bewegen konnte. Die Finger der unteren Hand waren noch geschlossen. Er schob einen Finger in die Faust, um sich zu vergewissern. Und er stieß auf etwas Hartes.

»Sehr verehrte Fluggäste, unser Flugzeug ist nun startbereit«, klang die Stimme des Piloten aus dem Lautsprecher, während das Flugzeug zur Startbahn rollte.

Grant öffnete seinen Rucksack und zog ein kleines, in Leder gebundenes Buch hervor. Es war Großvaters Tagebuch.

Als sie Großvaters Sachen durchsah, hatte Grants Mutter es unter dem Innenrand des schwarzen Stetson gefunden. Grant hatte es sich bis zu diesem Moment aufgehoben.

Die Maschinen des Flugzeugs begannen zu vibrieren.

Das Datum am oberen Rand der ersten Seite lag über sechzehn Jahre zurück. Damals war er noch gar nicht auf der Welt gewesen. »Ich schreibe dies für meine liebe Martha Jane«, begann das Tagebuch. »Für den Fall, dass sie jemals wieder aufwachen wird. Und auch, um mich selbst zu unterhalten, wie ich sehr wohl weiß. Wenn man allein auf der Veranda sitzt und der andere Schaukelstuhl leer bleibt, sind die Sommernächte hier draußen sehr einsam.«

Grant blätterte durch die Seiten. Geschichten von Großvater Chaps wechselten mit Großvaters eigenen Erinnerungen ab: Wie er unter einem Eimer geduscht hatte, in dessen Boden Löcher gestanzt waren, oder wie er auf dem Boden geschlafen hatte, mit seinen Stiefeln unter dem Kopf, und fast nicht bemerkt hatte, dass eine Klapperschlange hineingekrochen war. Daneben gab es Notizen über den Farmalltag, Statistiken der Vorräte, Bemerkungen über Ärger mit dem Auto und über Großvaters Hoffnung in die neue Longhorn-Rasse, die er gezüchtet hatte. Selbstgeschriebene Gedichte standen da, die alle »Meinem Schatz« gewidmet waren, und Rezepte für Plätzchen, die man auf dem offenen Feuer in einer Bratpfanne backen konnte.

Grant blätterte zu seinem Geburtsdatum.

»Geliebte Martha Jane, heute ist bei unserem Sohn ein Junge angekommen ...«

Das Flugzeug startete.

» ... und ich muss diese Neuigkeit unbedingt jemandem mitteilen. Bill hat mich noch aus dem Krankenhaus angerufen und gesagt, er sei der stolzeste Vater, den es je gab ...«

Grant ließ das Buch sinken und sah aus dem Fenster. Der

Satz klang in ihm nach. Die Landschaft flog jetzt mit zunehmender Geschwindigkeit an ihm vorbei. Das erinnerte ihn ans Fahrrad fahren. An sein BMX-Rad, das Rad, für das er jetzt zu groß war. Vielleicht sollte er doch mal das schwarze Mountainbike von seinem Haken in der Garage nehmen ...

Er wandte sich wieder dem Tagebuch zu. »Bill hat gesagt, dass er mich heute Abend abholen und zum Krankenhaus mitnehmen wollte. Aber so lange konnte ich nicht mehr warten. Ich habe mir ein Taxi gerufen und bin gleich hingefahren. Und ich kann dir sagen, Martha, er ist das süßeste kleine Paketchen, das ich je gesehen habe. Sieht aus wie ein frischgeborenes Kälbchen. Und weißt du was? Wenn er größer ist, werde ich mit ihm Angeln gehen, ihm Gitarre spielen beibringen und ihm alle die Geschichten erzählen, die ich bisher immer nur dir erzählen konnte. Ich werde alles das tun, wofür ich bei Bill nie Zeit hatte, weil ich immer draußen war und einen verdammten Zaun nach dem anderen geflickt habe.«

Aha. Noch ein Puzzle-Teil. Vielleicht sogar zwei Teile zu zwei Puzzles.

»Dieser kleine Wurm und ich, wir werden immer zusammenhalten, wie richtige Kameraden. Das spüre ich in allen Knochen.«

Das Flugzeug wurde noch schneller.

»Und außerdem, mein Liebling, habe ich mir von seinen Eltern versprechen lassen, dass wir dich zusammen besuchen, sobald er aus dem Krankenhaus kommt. Ich werde ihn dir in den Schoß legen, egal, wie krank du bist. Ich will, dass du ihn fühlst, wie er strampelt, wie er gähnt, und wie er seine kleine Faust ballt. Du sollst dieses neue Leben fühlen, die Hoffnung selbst, und wie es sich in deinem Arm bewegt ...«

Jetzt hoben sie ab.

Nachbemerkung der Autorin

Dieses Buch ist nicht dazu gedacht, gegenüber dem Problem der Sterbehilfe eine bestimmte Position zu beziehen. Es will nichts weiter, als eine Geschichte erzählen. Wenn die Geschichte in ihrem Verlauf Fragen aufwirft, so ist das ein positiver Effekt. Er untermauert meine Überzeugung, dass durch Fantasie die Diskussion eines Problems oft mehr bereichert werden kann, als durch reine Information und Tatsachen.

Aber natürlich sind auch die Tatsachen wichtig. Wenn man mutig genug ist, die authentischen Berichte über Fälle von Sterbehilfe zu lesen, wird man feststellen, dass der Tod selten so leicht eintritt wie im Fall des Großvaters. In meiner Erzählung helfen sein hinfälliger Körper und seine Entschlossenheit dazu, den Vorgang zu beschleunigen.

Ich möchte an dieser Stelle warnen: Die Lektüre der authentischen Berichte geht zu Herzen. Ich hoffe jedenfalls, dass sie das tut. Denn welche Haltung wir auch immer als Individuen oder als Gesellschaft gegenüber dem Problem der Sterbehilfe beziehen: Wenn uns diese Frage nicht mehr diskussionswürdig erscheint, stecken wir in ernsthaften Schwierigkeiten.

Barbara Snow Gilbert
Oklahoma City
April, 1996